N
W
O
S
Elchingen
ULM
DONAU
ROTH
Pfaffenhofen
ILLER
Senden
Weissenhorn
BIEBER
Laupheim
Riß
Roggenbu
Illertissen
Baltingen
Sulmingen
Bieberach
ILLER
Kempten
Memmingen

DONAU
München
Burgau
Günzburg
AUGSBURG
GÜNZ
ULM
Elchingen
DONAU
Günzburg
Leipheim
Bühl
Pfaffenhofen
Ichenhausen
Wallenhausen
Weissenhorn
Roggenburg
Frankenhofen
Ingstetten
Meßhofen
Illertissen
Krumbach

Manfred Eichhorn
Das Feuer von Frankenhofen

Manfred Eichhorn

Das Feuer von Frankenhofen

Eine Geschichte aus dem Bauernkrieg 1525

Ulrich Klemm Verlag

Manfred Eichhorn, geboren 1951, ist seit 1973 als selbständiger Buchhändler und Schriftsteller in Ulm tätig. Er ist Autor von mehreren Lyrikbänden, Märchen, Romanen, Krimis, Kinderbüchern und biografischen Ulm-Bänden, für die er auch verschiedene Auszeichnungen erhielt.

Impressum

www.klemm-oelschlaeger.de

Bibliografische Information der Deutschen Nationalbibliothek.
Die Deutsche Nationalbibliothek verzeichnet diese Publikation in der Deutschen Nationalbibliografie; detaillierte bibliografische Daten sind im Internet über http://dnb.d-nb.de abrufbar.

Layout: Hannelore Zimmermann, Neu-Ulm
Umschlaggestaltung: Hannelore Zimmermann, Neu-Ulm, unter Verwendung eines Freskos von Anton Bischoff (1877-1962) „Bürgermeister Diepold Schwarz verhandelt mit dem Bauernführer Jörg Ebner. Scene aus der Bauernbelagerung 1525“, Entwurf 1922, zum Fresko am Oberen Tor in Weißenhorn, Ausführung 1923. Museum Weißenhorn. Siehe auch J. Feistle: Anton Bischof. Ein Heimatkünstler aus Weißenhorn in Schwaben. Weißenhorn: Anton H. Konrad Verlag 1987, S. 98. Wir danken dem Anton H. Konrad Verlag und dem Heimat- und Museumsverein 1908 e.V. Weißenhorn.
Karte: Armin Dorfey
Druck und Bindung: digitaldruck leibi.de, Neu-Ulm

ISBN 978-3-86281-069-7

Januar

1.

Es war ungewöhnlich warm gewesen für Neujahr. Kein Frost in der Nacht. Und die Felder, die schon im November, während der eisigen Tage, von der Kälte geschlossen wurden, waren bereits in der letzten Adventwoche wieder aufgegangen.

Sie lagen da, bereit schon für den Frühling. Doch noch niemand mochte der blassen Sonne trauen und dem warmen Erdgeruch, denn einen richtigen Winter hatte es noch nicht

Erst eine Woche nach Dreikönig kündigten zaghafte Schneefälle den verspäteten Einzug des Winters an. Der Ostwind trieb die Schneewolken herbei, die Temperatur sank auf den Gefrierpunkt. Mitte Januar war Frankenhafen, das aus nicht mehr als Haus und Scheune bestand, eingeschneit. Martin saß am Fenster und schaute hinaus auf den elterlichen Hof. Die Flocken fielen jetzt so dicht, dass er kaum die Rückwand der Scheune erkennen konnte. Sie waren schwer und nass und sie sanken zielstrebig, ohne zu tänzeln, zur Erde.

Da war kein leichtes, lustiges Treiben zu erkennen, das Martin hätte aus seinen Gedanken reißen können. Im Gegenteil. Der Schnee schürte seine Schwermut noch.

Zudem drückten die Sorgen. Zu schlecht war die Ernte gewesen. Das meiste Vieh musste verkauft werden. Ausgenommen zwei Kühe, vier Geißen und das Ross.

Anders war es nicht möglich gewesen, den Zins aufzubringen, den das Kloster forderte. Aber es wäre ohnehin genügend Futter da gewesen, um sie alle über den Winter zu bringen.

Als der Vater beim Kloster um etwas Nachlass oder wenigstens Aufschub bat, hatte der Abt ihm geantwortet: Mit Gott könne man doch nicht handeln.

Dennoch, Hunger leiden mussten sie nicht. Sie hatten zu essen und noch zwei Fässer Wein. Da ging es anderen schlechter.

Man muss halt auf Gott vertrauen und beten. Gott wird schon für uns sorgen, dachte Martin.

Er schaute den Schneeflocken zu, wie sie fielen, und als ein Ast unter der Schneelast brach, da dachte er: Viele müssen es sein, dann bricht der stärkste Ast.

Das hätte Paulin sagen können, dachte Martin. Der gebrauchte immer solche Vergleiche, wenn er einem etwas verständlich machen wollte.

Jetzt dachte er schon genauso wie er. Paulin. Der ging ihm in letzter Zeit nicht aus dem Kopf. Der Bauer wird sich noch erheben, auch hier, hatte er gesagt. Er, ein ZisterzienserMönch, ein Gottesmann.

Wie kann ein solcher so reden, als zweifle er selbst an der von Gott gewollten Ordnung. Oder glaubte er etwa nicht, dass diese Ordnung, in der die Bauern in Abhängigkeit lebten vom Herrn oder ihm gar gehörten, gottgewollt war?

»Ein Mensch kann nicht das Eigentum eines anderen Menschen sein.« Das war seine Aussage, sein Wort, das oft gefallen war, wenn er hier war, bei ihm, beim Vater.

»Wir dürfen die heilige Schrift nicht nur verkünden, sondern wir müssen sie erklären. Dabei aber stellen wir fest, dass das Halten von Leibeigenen im unerträglichen Widerspruch zum Evangelium steht«, hatte er ihnen gepredigt.

Paulin war der Freund des Vaters, er war auch seiner, und beide hatten sie von ihm gelernt aus der Bibel zu lesen, ohne dass jemand davon erfahren hätte.

»Der Mensch muss lesen können«, hatte Paulin gesagt. »Nur den Dummen kann man auf Dauer beherrschen, den Unwissenden, der gehalten wird wie ein Tier. Was unterscheidet denn den Bauern noch vom Ochsen? Der Kirchgang, gewiss, aber sonst?«

Paulin war herumgekommen in der Welt. Sogar in Rom war er gewesen. Er wusste, was vorging in der Welt, was gesprochen wurde auf den Straßen, was die Reisenden erzählten. »Eine neue Zeit ist angebrochen«, sagte er. »Der Mensch ist zu neuen Erkenntnissen gelangt. Neue Länder wurden entdeckt und Erfindungen gemacht, die beweisen, dass sich die Erde um die Sonne dreht und nicht umgekehrt.«

Er redete, als suchte sich das Wissen einen Platz neben dem Glauben.

Wie oft hatte er erzählt von diesen Reisen, sich hitzig geredet, sich erbost, wenn er berichtete, wie überall der Bauer gedemütigt, geschlagen und mit ihm gehandelt wird, als wär er ein Vieh.

Warum aber tut Gott nichts dagegen? Geschieht nicht alles in seinem Namen und somit nach seinem Willen?

Wird nicht alles von einer höheren Instanz aus geordnet? Die Herren als Herren geboren, die Knechte als Knechte, und der Papst als Gottvertreter eingesetzt?

Mit welchem Recht zweifelte Paulin daran?

Aber der Paulin hat Recht, dachte Martin. Er muss Recht haben. Er spürte es bei jedem Gedanken, der ihm durch den Kopf ging. Der Paulin hat im Herzen, was Gerechtigkeit ist. Ach, wär er doch hier, der Paulin, der könnte die Gedanken vielleicht wieder ordnen.

Es wurde jetzt dunkler in der Stube.

Martin ging noch einmal nach draußen, um den Weg zur Scheune freizuschaufeln. Dann ging er das Vieh füttern.

Als er zurückkam, saß die Mutter im Dämmerlicht. Sie hatte den schweren Wollmantel auf den Knien und flickte daran.

Sie sagte nichts, als Martin in die Stube trat, schaute sie nicht einmal auf. Erst als er vor ihr zu tanzen begann, mit den Schuhen auf den Bretterboden klopfte, da schaute sie ihn kopfschüttelnd an und lächelte, wie über einen Gaukler.

Dann aber senkte sie den Blick wieder, richtete ihn auf den Wollmantel, den es auszubessern galt.

Sie ist geduldig wie der Ochse vor dem Pflug und folgsam wie der Hund des Schäfers, dachte Martin. Aber ist sie deshalb ein Tier? Weil sie weder schreiben noch lesen kann, nur Kinder gebären und fast nie etwas spricht, egal was passiert?

»Für die Obrigkeit ist sie nicht mehr als der Ochse vor dem Pflug oder der Hund des Schäfers«, würde Paulin sagen. »Und wäre sie leibeigen, hätte sie's noch verbrieft.«

Jetzt stand die Mutter auf, hängte den Wollmantel an einen Haken und ging in die Küche. Wenig später rief sie ihn: »Komm essen!«

Die Geschwister saßen schon am Tisch; Simon und Jakob, beide viel jünger als er. Der eine sieben, der andere acht. Martin war älter als beide zusammen. Siebzehn wurde er im Sommer.

Agnes kam dazu, die Base, die mit auf dem Hof lebte. Die Mutter hatte Dörrobst unter den Getreidebrei gemengt. Jakob suchte danach, bis ihm Agnes auf die Finger klopfte.

»Lass das!« Jeder sollte etwas vom Dörrobst bekommen.

Nach dem Essen half Agnes der Mutter den Topf vom Herd zu nehmen, und ging dann mit den Kindern in die Kammer.

Martin blieb. Es war angenehm warm, so nahe am Herd. In der Stube ließ man das Feuer ausgehen. Er wollte noch einen Becher Wein trinken und nachdenken, auf den Vater warten, vielleicht kam er ja doch noch.

An Dreikönig war er nach Memmingen*[1] geritten, um den Bruder zu besuchen, weil es etwas zu besprechen gab.

»Ist es so wichtig, dass du zwei Tagesritte in Kauf nimmst, und das bei tiefem Boden?«, hatte Martin ihn gefragt.

---

1 Die Erklärungen aller mit einem * versehenen Begriffe, finden sich auf den Seiten 147 -150.

Der Vater hatte ihm aber keine rechte Antwort gegeben.

Er hatte nur, als er frühmorgens losritt, gesagt: »Sorge für den Hof, bis ich zurück bin.« »Wann wird das sein?« »In einer Woche, so Gott will.« Seit gestern war die Woche um, aber der Schnee war wohl schuld daran, dass der Vater noch nicht zurück war.

Er war ein guter Reiter, der Vater, und er besaß ein Pferd. Eines, das sich auch zum Reiten eignete, und das nicht nur eingespannt wurde. Oft musste er für den Abt einen Weg machen.

Der profitierte somit auch von der Reitkunst des Vaters, ließ ihm deshalb das Pferd. Der Vater hätte es ohnehin nicht hergegeben, um den Klosterzins zu zahlen. Eher alles andere.

Das Warten wurde Martin bald lang. Wie gerne hätte er noch mit jemandem gesprochen. Mit Mutter und Agnes war kein Wort darüber zu wechseln; sie glaubten, jedes Klagen sei Sünde, jeder Zweifel eine Gotteslästerung; die Geschwister waren zu klein, und der Bruder Anderlin, der nur ein Jahr jünger war als er, war im Herbst zu den Landsknechten gegangen. Niemand wusste, wo er sich aufhielt.

Der Vater wird nicht mehr kommen heute, nicht bei diesem Schnee, nicht in der Nacht, in der kein Stern am Himmel steht.

Und Paulin, wo ist der?

Das Feuer am Herd war kleiner geworden. Als er noch ein Stück Holz nachlegen wollte, hörte er Schritte im Schnee. Er eilte ans Fenster, schaute, aber die Gestalt war schon bei der Tür. Kaum hatte er das Klopfen vernommen, war er schon dort und öffnete. Der Ebner Jörg war es, den alle nur den Bair nannten. Von Ingstetten kam er herüber.

»Warum noch so spät?«

Der Bair antwortete nicht, klopfte sich nur den Schnee vom Mantel und schüttelte die Kapuze aus, dann folgte er Martin an den Herd. Dort zog er sich die nassgewordenen Bundschuhe aus und stellte sie ans Feuer.

Martin hatte ihm gleich einen Becher Wein hingestellt. Bevor noch ein Wort fiel, tranken sie beide.

»Der Vater ist noch nicht zurück«, sagte Martin.

»Ich hab's mir gedacht, aber ich musste trotzdem herkommen; es braut sich was zusammen.«

»Sag's«, drängte Martin.

»In Baltringen haben sich die Bauern zusammengetan.«

»Wer sagt das?«

»Eine Nonne vom Kloster Heggbach hat's berichtet. An Heiligabend, in einem .Wirtshaus, hätten sie zusammen beratschlagt, und seither träfen sie jede Woche zusammen, und jedes Mal sind es mehr.«

»Das muss noch nichts bedeuten, wenn sie einander gegenseitig ihr Weh klagen«, warf Martin ein.

»Das ist nicht nur ein Wehklagen«, erwiderte der Bair, »sie wollen sich wehren!«

»Sie werden sich wieder beruhigen.«

»Würdest du dich beruhigen, wenn man dir die letzte Kuh aus dem Stall führt und nur einen Laib Brot liegen lässt, der eine Woche und länger noch reichen soll? Wenn du ein Jahr lang schaffst auf dem Feld, und Hunger ist der einzige Lohn?«

»Uns haben sie auch viel genommen«, fiel ihm Martin ins Wort.

»Aber nicht alles! Nicht das letzte Hemd und nicht den letzten Halm!«

Martin wurde still. Er konnte und wollte nichts mehr erwidern. Er wusste ja, wie es den anderen ging, den kleinen Zinsbauern und den Leibeigenen.

Und wie der Bair ihm erzählte, dass auch die Leipheimer Bauern sich schon zusammengetan hätten, weil auch ihre Bitte um Steuernachlass am Heiligen Abend vom Rat der Stadt Ulm abgelehnt worden war, da nahm er einen tiefen Schluck Wein, so in Aufregung versetzte ihn diese Nachricht.

»Und die nennen sich Christenmenschen, die solche Weihnachtsgaben verteilen und die Armen noch tiefer ins Unglück stoßen!«, ereiferte sich der Bair. »Die kennen das Wort Barmherzigkeit ja gar nicht!«

Martin wurde noch stiller. Er stand auf und starrte in die Dunkelheit hinaus. Er hatte Angst. Warum nur?, fragte er sich. Angst, dass sich etwas verändert? Aber das kann doch nur gut sein. Auch der Bair war nun aufgestanden und hatte sich zu ihm ans Fenster gestellt.

»Bei all dem Schnee ist es stockfinster«, sagte er.

»Es ist ja auch kein Stern am Himmel«, antwortete Martin.

»So wird's wenigstens nicht kälter«, fand der Bair etwas Gutes daran.

Dann nahm er den Becher und trank ihn leer, holte sich die Schuhe vom Herd, und während er sie schnürte, sagte er: »Auch wir müssen einmal miteinander reden, denn es gibt genügend Klagen, die man vorbringen muss. Sag das dem Vater.«

Er warf sich den Mantel über und zog die Kapuze ins Gesicht. Martin begleitete ihn über den Hof.

»Gib auf den Weg Acht«, sagte er.

Der Ebner Jörg grüßte und ging.

Vom Kloster her hörte man die Glocken.

2.

Der Vater kam am nächsten Tag, kurz nach Mittag.

Das Pferd war nassgeschwitzt. Er führte es in den Stall und rieb es trocken. Die Mutter hatte den Getreidebrei noch warm gehalten.

Als er ins Haus trat, murrte er nur einen Gruß.

»Was ist los?«, fragte Martin.

»Der Teufel ist los und hat sich als Pfaff verkleidet«, antwortete der Vater.

»Red nicht in Rätseln«, bat Martin.

»Iss erst«, sagte die Mutter.

Auch die Base kam jetzt in die Küche und brachte Wein.

Jeder wollte Neuigkeiten hören.

Doch der Vater gab sich einsilbig. »Dem Bruder geht es gut«, sagte er, »und die Anna kriegt wieder ein Kind.« Dabei stocherte er gedankenverloren im Getreidebrei herum, aß, trank vom Wein, ohne dabei wirklich wahrzunehmen, was um ihn herum geschah.

Die Base und die Mutter waren schon wieder draußen, da sagte Martin: »Der Bair war gestern Abend da.«

»Und?«, fragte der Vater.

»In Leipheim und Baltringen tun sich die Bauern zusammen, hat er gesagt.«

Der Vater tat gleichgültig, aber seine Augen glänzten mit einem Male sonderbar, und als er den Sohn aufforderte, mehr zu erzählen, klang seine Stimme plötzlich ungeduldig.

»Seit Heiligabend geht es«, berichtete Martin weiter, »weil keine der Bitten um Steuernachlass erfüllt wurde. Weder bei den Leipheimern, noch bei den Baltringern. Und jetzt versammeln sie sich, und jedes Mal sind es mehr, sagt der Bair.«

Die Nachricht musste dem Vater gefallen haben, denn er langte nun kräftig in den Getreidebrei, nahm einen großen Bissen und spülte mit einem ganzen Becher Wein nach.

»Auch die Kemptener wollen aufbegehren«, verriet der Vater.

»Erzähl«, bat Martin ungeduldig.

»Die haben seit Menschengedenken einen Bund geschlossen und können sich dennoch nicht durchsetzen. Immer hat man sie kleingekriegt, so oft sie es versucht haben. Denen wird es Mut machen, wenn sie hören, dass sich anderswo auch etwas tut.«

»Haben sie denn schon einmal aufbegehrt?«, wollte Martin wissen.

»Nein, nicht wirklich«, schränkte der Vater seine Aussage ein. »Letztlich war es doch immer nur eine Gemeinschaft des Duldens und der Hoffnung, und ihre Versuche waren zerbrechlich, wie zu dünn geblasenes Glas.«

»Und jetzt?«

»Jetzt schreit das Unrecht zum Himmel! Weißt du, wie sie es in Kempten handhaben? Sie werfen dich ins Gefängnis und lassen dich hungern, bis du ihnen versprichst, nie mehr vom Gotteshaus zu weichen. So machen sie die Freien zu Zinspflichtigen und aus den Zinsern machen sie Leibeigene, und der Fürstabt* setzt sich selbst als Erbe ein.«

»Haben sie denn nicht geklagt?«, forschte Martin.

»Doch, einmal haben sie sogar beim Kaiser über den Fürstabt geklagt.«

»Und dann?«

»Hat der Fürstabt seine Häscher zu den Höfen geschickt, sie niedergebrannt und die Bauern außerdem gezwungen, die Klage zurückzunehmen.«

Martin hörte mit entsetztem Gesicht dem Vater zu.

»So viele Klagen gibt's, die zum Himmel schreien«, fuhr der fort. »Willkürlich lässt man die Zinser gefangen nehmen, legt sie in Ketten, bis sie sich zu Leibeigenen erklären, denn nichts anderes bedeutet der schöne Spruch: nie mehr vom Gotteshaus zu weichen. Und wenn ein Zinser eine

Freie heiratet, so muss er diese Frau als Leibeigene dem Fürstabt überschreiben; und bittet er um Gnade, wenigstens die Kinder frei sein zu lassen, so sagt der Fürstabt: Du musst mir Weib und Kinder geben, sonst verfaulst du im Gefängnis. Aber es ist ein Topf, der am überkochen ist, und wer das aufhalten will, verbrüht sich die Finger.«

Martin hatte dem Vater ruhig, aber mit empörtem Herzen, zugehört. Jetzt fragte er ihn, wie es die Kemptner denn anstellen wollten, um zu ihrem Recht zu kommen.

»Ein Gerichtsverfahren wollen sie durchsetzen«, antwortete der Vater. Aber so wie er das sagte, glaubte er wohl selbst nicht daran, denn er fügte hinzu: »Das ist wie zum Wucherer gehen und einen gerechten Zins aushandeln.«

Er trank den Becher leer, stand auf, und schaute in den Stall.

»Es ist alles in Ordnung«, sagte Martin, der mitgekommen war. »Mit Heu und Stroh werden wir über den Winter kommen, wenn er nicht zu lang wird. Nur viel Mist wird es nicht geben, bei dem wenigen Vieh.«

»Der langt gerade für einen Acker«, murrte der Vater. »So weit kann die Herrschaft halt nicht denken. Wollen eine reiche Ernte, aber lassen einen das Vieh schlachten, dass der Dung fehlt für die Felder.«

Martin spürte deutlich den Zorn des Vaters, der sich nun dranmachte, den hereingewehten Schnee aus dem Stall zu kehren.

»Hast du das Werkzeug ausgebessert?«, fragte der Vater.

»Ist alles wieder in Ordnung«, antwortete Martin.

Sie stopften jetzt Stroh in die Türritzen, damit der Wind, der draußen tobte, nicht hereinblies, und in die Fenster klemmten sie alte Rupfensäcke.

»Ich geh noch zum Bair«, sagte der Vater. Und dann bat er den Sohn, er solle nach Meßhofen gehen und dem Mayr sagen, er möge am Abend noch herüberkommen. Im Haus zogen sie die Wollmäntel an, dann gingen sie los, jeder in eine andere Richtung.

3.

Bei Einbruch der Dunkelheit kamen der Mayr von Meßhofen und sein Sohn herüber nach Frankenhofen. Wenig später folgten der Ebner Jörg und der Sausenthaler von Wiesenbach; mit ihnen kam der Melcher.

Es ist lange her, dachte Martin, dass sie so in Gemeinschaft zusammensaßen. Als später dann noch der Peter Thoma und der Adam Ebner aus Rennertshofen kamen, denen der junge Mayr wohl gesagt hatte, sie sollen zum Frankenhofer kommen, weil es Neuigkeiten gäbe, war es fast wie bei der Hochzeit von Peter Thoma im letzten Jahr. Nur, dass der Melcher damals die Fidel spielte und der Bräutigam selbst die Leier zupfte. Und jemand blies draußen das Krummhorn, erinnerte sich Martin. Da floss der Wein in Strömen, und jeder lachte und war gut gelaunt.

Nach Lachen ist heute niemandem zumute, dachte Martin, als er die Runde überblickte. Aber es war ja auch keine Hochzeit, noch gab es sonst einen Grund zum feiern.

In der Stube loderte hell das Kaminfeuer. Der Vater holte Wein und ließ Brot und Käse auftragen.

Da sagte der Melcher zum Martin: »Beinah hätten wir dir das Schäfle mitgebracht, aber wir hatten Angst, es erfriert uns unterwegs.« Die anderen lachten. Martin wurde rot.

»Der Martin hätt's schon wieder aufgetaut«, feixte der Bair und lachte noch lauter.

Der Vater, der die Becher gefüllt hatte, hob einen hoch und stieß mit den anderen an. Dann wurde getrunken.

»Erzähl jetzt«, sagte der Mayr, der mittleren Alters wie der Vater war, und der wie er die Pacht für die Felder an den Abt von Roggenburg zu zahlen hatte.

»Wir brennen vor Ungeduld«, drängte ihn der Melcher. Die anderen unterstützten ihn.

»Was gibt es denn für Neuigkeiten?«, fragten sie.

»Der Mayr sagt, du wärst in Memmingen gewesen«, forschte Adam Ebner, ein Zinsbauer wie sein Nachbar Peter Thoma, ohne jeden Besitz.

Jetzt redeten alle durcheinander.

»Lasst ihn endlich erzählen!«, rief der Sausenthaler in die Runde, mit seiner festen, herrischen Stimme.

Da war es augenblicklich still und der Vater konnte erzählen. »Die Memminger Bauern haben keine Leibeigenschaft mehr, sie ist im gesamten Bereich der Reichsstadt aufgehoben worden.«

Gleich ging ein Raunen durch die Runde.

»Lauter freie Menschen?«, fragte Peter Thoma ungläubig.

»Bei uns gibt's nur vogelfreie!«, lachte der Melcher und begann seine Arme wie Flügel flattern zu lassen.

»Sie dürfen den Pfarrer frei wählen und ohne um Erlaubnis fragen zu müssen, dürfen sie Holz im Walde schlagen. Jagen und fischen ist für jedermann frei.«

»Das müsste bei uns so sein«, schwärmte Peter Thoma, »da traute sich kein Wild mehr über unsere Äcker.«

»Oder es wär bald ein Braten«, grinste der Melcher, und leckte sich genüsslich die Lippen.

»Die Steuern sind um ein Vieles erleichtert worden, sodass sie erträglich sind«, fuhr der Vater fort.

»Der Herrgott meint's gut mit den Memmingern«, platzte der junge Mayr dazwischen.

»Ich kann's einfach nicht glauben.« Adam Ebner tat verwundert.

»In den Schoß ist es ihnen nicht gefallen«, fuhr der Vater fort und erzählte von Christoph Schappeler, dem Pfarrer dort, dem die Memminger so viel zu verdanken hatten. Unter seinem Einfluss hatte sich eine starke Opposition gegen das mächtige Memminger Patriziat gebildet, die diese tiefgreifenden Reformen durchgesetzt hatte.

»Ich habe ihn predigen hören«, sagte der Vater. »Da hat er die korrupten Pfaffen Mistfinken und Suppenprediger geheißen und den Fürstabt einen Blutsauger.«

»Eine gute Predigt!«, grinste der Melcher.

»Der Jakob Wehe* in Leipheim soll auch so einer sein«, warf der Sausenthaler ein.

»Der darf aber nicht mehr predigen«, erwiderte der Bair, »weil ihn der Bischof mit dem Bann belegt hat.«

»Aber da tut sich allerhand; auch in Baltringen und in Günzburg, und nicht jeder lässt sich den Mund verbieten«, sagte der Bair.

Dann erzählte der Vater weiter, die Geschichten, die er dem Sohn schon erzählt hatte, von den Kemptener Zuständen, wie der Fürstabt dort wütete und mit seinen Untertanen umsprang.

Als er mit dem Erzählen am Ende war, stöhnte der Melcher: »Dagegen ist unser Abt Jodokus ja der reinste Engel.«

Die anderen lachten.

»Der hat trotz allem schon genug aus uns herausgesaugt«, erwiderte der Bair. »Nur weil's noch größere Teufel gibt, soll man die kleinen nicht verharmlosen.«

Und nach einer Weile, als jeder erst schweigend verdaute, was er gehört oder selbst geredet hatte, sprach es der Sausenthaler aus: »Auch wir müssen gegen den Abt vorgehen!«

Gleich kam Unruhe auf.

»Wie stellst du dir das vor?«, fragte Adam Ebner beunruhigt.

»Bittschreiben helfen nicht«, meinte der junge Mayr, »das haben wir mittlerweile gelernt.«

»Einfach so um etwas bitten, geht nicht beim Jodokus, der braucht Druck«, sagte der Melcher, zog sein Messer aus dem Gürtel und fuchtelte damit herum.

»Vor deinem Rettichschneider wird er kuschen«, spottete der Bair, und auch die anderen lachten ihn aus.

Der Vater goss Wein nach.

»Trotzdem geht nichts ohne Gewalt«, beharrte der Melcher.

»Stürz dich nur ins Unglück«, warnte Peter Thoma.

»Vielleicht genügt es, wenn wir dem Abt zeigen, dass wir zur Gewalt bereit sind«, sagte der Vater.

»Wenn die Obrigkeiten erst sehen, dass ihnen ein gewaltiges Bauernheer in Waffen gegenübersteht, werden sie sich schon zum Verhandeln bequemen«, spann der Sausenthaler den Gedanken weiter.

»Die meisten Bauern sind aber gehorsam gegen ihre Obrigkeit«, erwiderte der Bair, »weil es angeblich Gottes Wille sein soll, dass die Herren mit uns umspringen können, wie es ihnen gefällt.«

»Alles was wir verlangen, muss in der Heiligen Schrift begründet sein«, sagte der Vater. »So halten's die Memminger, und so soll es auch bei uns sein.«

»Ich habe jetzt andere Sorgen«, sagte Adam Ebner, »mein Weib liegt zu Hause im Fieber.«

»Bei mir ist es ähnlich«, sagte Peter Thoma.

Beide standen auf und machten sich zum Gehen bereit.

»Wenn ihr glaubt, es sei nicht eure Sache, dann täuscht ihr euch«, rief ihnen der Bair nach.

»Einfach wird's nicht«, sagte der Mayr später.

»Aber vielleicht einfacher, als wir es uns jetzt im Augenblick vorstellen«, erwiderte der Sausenthaler, der aufgestanden war und sich schon verabschieden wollte.

Die anderen blieben noch. Ihr Heimweg war kürzer.

Sie redeten vom Kämpfen und vom Verhandeln.

»Der Bauer ist ans Kämpfen nicht gewöhnt«, sagte der Mayr.

»Alles lässt sich lernen, auch das Töten«, erwiderte der Bair.

»Wie viele unserer Söhne müssen sich noch als Landsknechte verdingen?«, fragte der Vater bitter.

»Denen wird es auch beigebracht und für eine schlechtere Sache«, stimmte der Bair ihm zu.

Martin, der die ganze Zeit fiebernd den Reden der Älteren gelauscht hatte, sagte jetzt, als die anderen sich mehr dem Wein zuwandten, dass er ein ungutes Gefühl bei der Sache habe und dass er nicht leugnen wolle, dass es auch Angst sei, die ihn bedrücke.

»Angst darf man keine haben«, sagte der Bair. »Oder man muss sie so gut verstecken, dass keiner sie sieht.«

»Oder sie nicht riecht«, witzelte der Melcher.

Alle lachten ausgelassen, auch Martin, obwohl ihm nicht zum Lachen war, aber dem Melcher konnte man schwer widerstehen.

Irgendwie ärgerte ihn jetzt seine Angst. Er trank noch einmal einen Becher Wein, doch auch der Wein konnte ihm die Angst nicht nehmen. Er machte nur trunken. Vielleicht war es aber nicht wirkliche Angst, nur Unruhe, die einen überkommt bei jeder Veränderung, dachte er. Denn verändern würde sich etwas, da war er sich sicher, das spürte er.

Das Feuer war am verlöschen. Keiner hatte gespürt, dass es kälter geworden war in der Stube; so hitzig hatte man sich geredet. Und auch der Wein tat ein Übriges.

Als spät in der Nacht dann die Bauern nach Meßhofen und Ingstetten zurückgingen, da war ein jeder aufgewühlt und mancher war schon beseelt von dem Gedanken, dass dies der letzte Winter in Knechtschaft sein würde.

4.

Im Kloster Roggenburg herrschte andächtige Stimmung.

Die Mönche hatten sich im Kirchenschiff zum Gebet versammelt, das sie flüsterten, murmelten, herunterleierten, bis ihr Abt Jodokus Treher sich zum Altar begab und sich zu seinen Mönchen drehte.

Da verstummte mit einem Male ein jeder Laut, als hätte der Abt ihnen das Wort abgeschnitten. Es begann die Stunde der Kontemplation, der Versenkung, der stillen Begegnung mit Gott.

Gewiss, die Gedanken schweiften hie und da ab. An gebratene Hühnerbeinchen wurde gedacht oder an einen rotperlenden Wein, plätschernd wie ein Gebirgsbach.

So konnte es geschehen, dass eine Mahlzeit sich zwischen Gott und die Menschen stellte. Darüber hinaus waren die wenigsten frei von den sündigen Vorstellungen der Liebe, in deren Phantasien sie versanken und sich erst vom Glockenschlag, der die Andacht beendete, wecken ließen.

Auch Jodokus Treher war in dieser Stunde Gott nicht sehr nahe. Er wägte seine Ausgaben und Einkünfte ab und suchte nach weiteren Einnahmequellen weit mehr als nach Gott.

Längst war diese Stunde für ihn zur Rechenstunde geworden; und wenn die Glocke ihn aus seinen Spekulationen riss, war er doch jedes Mal wieder mit sich im Reinen. Er fürchtete weder die neue Religion, die ein gewisser Luther sich ausgedacht hatte, noch die Versammlungen der unzufriedenen Bauern jenseits der Donau. Jodokus Treher fühlte sich so sicher im Gefüge der katholischen Hierarchie, dass einzig der Gedanke an Roms finanzielle Forderungen, im Voraus schwer kalkulierbar, da sie oftmals willkürlich in die Höhe getrieben wurden, ihn beunruhigen konnte.

Woran wurde seine Arbeit denn gemessen?

Doch einzig am wirtschaftlichen Erfolg des Klosters; genau wie die all seiner Vorgänger und aller, die nach ihm noch kommen würden. Die Seelsorge war nur ein Zubrot, kam weit dahinter. Aber Jodokus Treher störte das nicht im Geringsten. Im Gegenteil. Das Streiten um die weltliche Macht, das Konkurrieren mit den Städten und Herrschaftshäusern lag ihm. Eine Trennung von weltlicher und kirchlicher Macht fand er geradezu sündhaft. Gottes Ordnung ließ sich doch nicht beschränken. Er war der Diener Gottes. Er gehorchte. Und es war vor allem die Ordnung, die er an Gott so schätzte.

Trotz aller Zuversicht aber schrieb er die Warnungen anderer Klöster der Bauernversammlungen wegen nicht in den Wind. Er wollte kein Risiko eingehen. Und dass sich auch unter den Bauern, die seinem Gotteshaus angehörten, einiges zusammenbraute, war ihm nicht verborgen geblieben.

So wollte er mit seinen Konventualen*, auch mit denen, die Pfarreien betreuten und nicht im Kloster lebten, an diesem Tage beratschlagen.

Er ließ sie nach der Andachtstunde zusammenkommen. Jodokus Treher schaute in die Runde und fragte, wo der Paulin wäre.

»Er fiebert noch immer«, antwortete ihm der alte Johannes, der die Kranken im Kloster versorgte.

»Ich will, dass er dabei ist«, sagte der Abt bestimmt.

»Ich werde nach ihm schauen«, sagte Johannes und verließ den Raum.

Er ging in Paulins Zelle. Der schlief unruhig. Warf im Fieber seinen Kopf hin und her und stöhnte. Johannes weckte ihn auf. »Der Abt will, dass du dabei bist«, sagte er.

»Wobei denn?«

»Sie reden wegen der Bauern.«

»Ich soll mir wohl den Tod holen!« Paulin setzte sich auf. Er war schweißgebadet. Das Fieber hatte ihn geschwächt.

Johannes reichte ihm ein feuchtes Tuch. »Wasch dich«, sagte er, »ich bring dir die Kleidung.«

Paulin wischte sich das schweißnasse Gesicht trocken, dann Brust und Arme. Er schnatterte vor Kälte. Johannes half ihm rasch in die Kutte. »Mach schnell, damit du wieder ins Bett kommst«, sagte er. Dann gingen sie zusammen zu den anderen, die in der Bibliothek versammelt saßen.

Paulin grüßte den Abt.

Johannes sagte, der Paulin müsse gleich wieder ins Bett.

»Es dauert nicht lange«, beschwichtigte der Abt, »aber es geht alle an, auch den Paulin, denn wenn die Bauern Ernst machen, unterscheiden sie nicht mehr.«

»Ich bin nicht schuld, wenn die Bauern sich wehren«, erwiderte Paulin.

»Du hast aber für sie gesprochen«, hielt der Abt ihm dagegen.

»Ich habe ihre Anliegen nur weitergegeben«, entgegnete Paulin.

»Aber du denkst doch auch, dass ihre Forderungen gerecht sind und dass sie dafür kämpfen und sich mit Gewalt holen sollen, was ihnen nicht freiwillig zugestanden wird?«

»Das habe ich nie gesagt«, unterbrach ihn Paulin, »ich habe nur gesagt, dass die Unzufriedenheit der Bauern verständlich ist.«

»Und was sagst du, wenn sie Gewalt anwenden?«, forschte der Abt weiter.

»Ich verurteile die Gewalt«, antwortete Paulin und fügte hinzu: »wer immer sie ausübt.«

Jetzt wurde der Abt zornig: »Es ist besser, du gehst in deine Zelle und kurierst dein Fieber aus!«, schrie er ihn an.

»Das Fieber macht deinen Kopf völlig wirr!«

Und er wandte sich zu den anderen und sagte: »Wenn die Obrigkeit, die von Gott bestimmt ist, die Verantwortung trägt über die Untertanen, so heißt das auch, dass sie die Untertanen zu züchtigen und zu strafen hat, sofern dies notwendig wird. Eine solche Gewaltausübung ist aber nicht Willkür, wie eine gewaltsame Tat eines Untertanen, sondern richterliche Ausführung einer uns auferlegten Verantwortung.«

»Heißt es nicht im Evangelium«, rief Paulin dazwischen, »richte nicht, auf dass du nicht gerichtet werdest?«

Der Abt überhörte Paulins Rede und während die anderen Mönche kopfschüttelnd dasaßen und ihren Unmut mit dem Abt teilten, packte Johannes den Paulin energisch am Arm und zog ihn auf den Gang und von dort weiter in seine Zelle.

Obwohl Johannes zu den ältesten im Kloster zählte, war er doch von ansehnlicher Statur, kräftig und groß gewachsen, muskulös, ohne Schmerbauch und Fettpolster.

Die wenigen grauen Haare fielen ihm fortwährend über die Augen, und er war ständig damit beschäftigt, die wirren Strähnen aus dem Gesicht zu streichen.

Weil er sich auskannte mit den Kräutern und es auch verstand, Salben und Tinkturen zu bereiten, wurde er zu den Kranken geschickt, die ihn den heilkundigen Johannes nannten.

Er hatte für alles und jeden Verständnis, und er war jedermanns Freund. Und da er, trotz seiner Beliebtheit, niemals die Abtwürde, noch die eines Priors, angestrebt hatte, war er auch für niemanden Neidobjekt und uneingeschränkt geachtet.

In der Zelle angelangt, zog er Paulin gleich die Kutte aus. Er befahl ihm sich hinzulegen, und deckte ihn mit ein paar Decken zu. Dann tauchte er ein Stück grobes Leintuch in die Wasserschüssel, wrang es ein wenig aus und wickelte es ihm um die Waden.

»Danke«, sagte Paulin.

»Jetzt wirst du nochmals kräftig schwitzen, damit jagen wir das Fieber zum Teufel«, sagte Johannes und setzte sich zu ihm. Er fasste an die Stirn des Kranken, die glühte.

»Weißt du, was ich vorhin geträumt habe?«, fragte Paulin geheimnisvoll.

»Woher soll ich das wissen, wenn du's mir nicht sagst«, gab ihm Johannes zur Antwort und lächelte. »Aber gewiss war es etwas Ketzerisches, sonst würdest du dir nicht die Mühe machen, es mir erzählen zu wollen.«

»Also, pass auf«, sagte Paulin und begann zu erzählen: »Es gab ein großes Feuer. Der Papst, die Kardinäle und andere Würdenträger der Kirche hatten es entzündet. Mit einem Male aber drohte es auszugehen. Da kein Holz zum Nachlegen bereitlag, warfen sie einfach die umstehenden Menschen ins Feuer. Die Kardinäle riefen: ‚Nehmt Frauen und Bauern, die brennen am besten'. Und wirklich waren sie so starr wie trockenes Holz und das Feuer loderte auf, wie bei dürrem Geäst, als sie ins Feuer geworfen wurden; aber sie schrieen nicht. Keinen Laut gaben sie von sich. Das Feuer wurde aber größer und griff um sich und ergriff nun auch den Papst und die Kardinäle und die anderen Würdenträger, doch die schrieen ganz fürchterlich.«

»Hör auf«, unterbrach ihn Johannes, »der Teufel hat dir wohl einen solchen Traum geschickt und ein höllisches Feuer in dir entfacht.«

»Er ging auch nicht weiter, der Traum«, sagte Paulin.

»Dann kamst du und ich war froh darüber.«

»Schlaf jetzt«, sagte Johannes, »und träum etwas Schönes.«

Damit stand er auf und verließ Paulins Zelle.

5.

Martin dachte an das Schäfle.

Seit Stunden überlegte er schon, was er ihr alles sagen würde. Sie musste doch Bescheid wissen. Schließlich waren sie einander versprochen und wollten heiraten. Noch vor der Ernte, hatten sie vereinbart.

Jetzt sagte der Vater, es wäre keine Zeit zum Heiraten. Ihr Kind sollte nicht in Knechtschaft geboren werden, sagte er. Was aber hatte ihre Liebe mit all diesen Dingen zu tun.

Auf dem Hof war doch Platz, und eine wie das Schäfle, die es nicht anders kannte, als genügsam zu sein, konnte der Hof schon noch tragen.

Sie war klein und schlank, aber nicht zierlich. Ihre Arme waren kräftig und sie hatte feste, kräftige Beine. Ihr Haar war blond und kraus, deswegen wurde sie »Schäfle« gerufen. Jeder nannte sie so. Eigentlich hieß sie Maria, aber so sagte niemand zu ihr. Sie war die Tochter des Dorfschmieds.

Den Martin kannte sie, solange sie zurückdenken konnte. Der hatte ihr schon immer gefallen. Er jedoch hatte sie erst an Kirchweih vor zwei Jahren bemerkt. Da hatte er sich aber gleich verliebt. Seither gingen sie zusammen. Erst heimlich, bis es sich nicht mehr verheimlichen ließ; denn sie wurden oft zusammen gesehen. Beim Kirchgang oder am Ufer des Weihers.

Martin hatte sich dazu durchgerungen, nach Mittag zu ihr nach Ingstetten zu wandern. Unterwegs zum Schäfle dachte er ständig, ob er mit ihr darüber reden könne, was der Vater, der Bair und die anderen miteinander geredet hatten.

Ob Frauen wussten, was es hieß, sich zu wehren?

Waren sie nicht doch ähnlicher dem Ochs vor dem Pflug? Neben aller Obrigkeit hatten sie auch noch dem Mann zu gehorchen, oft Schläge zu ertragen. Ihr Los musste noch schwerer sein.

Er ging jetzt auf Ingstetten zu. Der Schnee war mittlerweile so nass, dass es schien, als schmelze er unter seinen Schritten. Auf den Feldern war er gesunken, sodass die umgepflügte Erde herausstach.

Martins Schuhe waren feucht geworden, aber wenn er schneller zu gehen versuchte, dann sank er noch tiefer in den Matsch ein, und er kam langsamer voran als zuvor.

Er war so in Gedanken, dass er erschrak, als er plötzlich vor dem Haus des Schmieds stand.

Er hatte immer einen Grund, wenn er zum Schäfle kam. Irgendetwas abholen oder hinbringen. Manchmal nur eine Nachricht. Jetzt wusste er nichts anderes zu sagen, als dass er das Schäfle sprechen wolle.

Der Schmied betrachtete ihn von oben bis unten. Ob etwas los wäre, fragte er.

»Nein«, sagte Martin.

»Das Schäfle ist drinnen«, sagte der Schmied und ließ ihn hereinkommen. Das Schäfle freute sich. Als der Vater, der noch eine Weile in der Stube verharrte, weil er doch noch mit einer Nachricht rechnete, kopfschüttelnd und verwundert in die Werkstatt zurückging, umarmten sich die beiden und das Schäfle küsste ihn auf den Mund.

»Setz dich doch.«

Das Schäfle wies ihm einen Platz zu.

Sie sah so vergnügt aus. Er wollte jetzt ihre Stimmung nicht trüben. Aber irgendetwas sagen musste er doch.

»Ich dachte, ich besuche dich einfach«, sagte er schließlich.

»Das ist schön«, sagte sie. »Und die Arbeit?«

»Ist nicht gerade viel, wenn man draußen nichts tun kann. Daheim aber fällt mir die Decke auf den Kopf.«

Das Schäfle lachte auf und wollte ihm die Hand streicheln; da kam die Großmutter ins Zimmer. Sie nickte dem Martin einen Gruß zu, setzte sich mit den beiden Schüsseln, die sie trug, ans Fenster, und begann dort, die Linsen zu klauben.

»Der Vater meint, wir sollten mit der Heirat noch warten«, platzte Martin plötzlich, nachdem eine ganze Weile keiner etwas gesagt hatte, heraus.

»Und warum das?«, fragte das Schäfle verstört. »Er sagt, es wär eine schlechte Zeit zum Heiraten, wegen der Unruhen und der ganzen Ungewissheit.«

»Es wird wohl eher wegen der schlechten Ernte sein«, erwiderte das Schäfle zornig.

»Deswegen bestimmt nicht, für die Hochzeit reicht es allemal.«

»Und die Unruhen, was haben die damit zu tun?«

»Sie werden alles verändern«, antwortete Martin. »Der Vater sagt, es werde bald keine Leibeigenschaft mehr geben. Er war unlängst in Memmingen, dort sind die Bauern schon frei, müssen keine Frondienste* leisten, dürfen fischen und jagen, wie hier nur die Herren, und die Zinsen sind erträglich. Dasselbe wollen wir nun vom Abt fordern, denn überall im Lande fordern es jetzt die Bauern von ihren Herren.«

Die Großmutter am Fenster bekreuzigte sich. Das Schäfle schaute nachdenklich drein. Dann sagte sie: »Und du glaubst, im nächsten Jahr wird das alles anders?«

»Spätestens!«, rief Martin voller Zuversicht. »So lange wird es gar nicht dauern, wenn die Bauern zusammenstehen und die Herren bald einlenken. Schäfle, wir stehen vor einer neuen Zeit. Auch der Paulin sagt es. Bald wird ein jeder lesen und schreiben können und sein eigener Herr sein, und es wird keine Obrigkeit mehr geben.«

Die Großmutter bekreuzigte sich wieder und das Schäfle erwiderte: »Die Obrigkeit ist aber von Gott gewollt, sonst würde es sie nicht geben, und Ungehorsam gegen die Obrigkeit ist Sünde.«

»Und die Bauern hungern lassen und sie einsperren und drangsalieren bis sie in die Leibeigenschaft einwilligen, ist das keine Sünde?«, ereiferte sich Martin. »Glaubst du, die in Memmingen sind schlechtere Menschen?«

Die Großmutter sagte jetzt etwas, was aber keiner verstand. Ein paar Gebetsbrocken vielleicht, denn sie bekreuzigte sich danach sehr hastig. Mit gleicher Hast klaubte sie nun die Linsen.

Da trat der Schmied in die Stube. Er hatte das laute Reden vernommen und war neugierig geworden. Was denn los sei, fragte er.

»Der Vater meint, wir sollten mit dem Heiraten bis zum nächsten Jahr warten«, antwortete Martin.

»Und warum?«

»Der Unruhen wegen, und der Ungewissheit, wie alles werden wird«, sagte das Schäfle.

Der Schmied zog Martin beiseite. »Warum setzt du dem Kind Flöhe ins Hirn«, schimpfte er. »Sollen jetzt die Weiber auch verrückt gemacht werden mit diesen Reden?«

Martin wollte sich verteidigen, aber der Schmied fiel ihm ins Wort: »Die Frauen haben anderes zu tun, als sich um diese Sachen zu kümmern.« Dann verschwand er wütend in seine Werkstatt.

Die Großmutter schlurfte hinterdrein, die beiden Schüsseln ineinander gestellt in den Händen.

Martin und das Schäfle standen sich hilflos gegenüber.

»Dann geh ich jetzt wieder«, sagte Martin.

Das Schäfle nickte.

Sie gingen aufeinander zu und umarmten sich.

»Pass auf«, sagte das Schäfle.

»Am Sonntag sehen wir uns«, sagte Martin, schon auf dem Weg nach draußen.

Dann ging er denselben Weg zurück, stapfte durch den Schnee, der ihm jetzt fester schien. Vielleicht, weil ein eisiger Wind ihm ins Gesicht blies.

Februar

1.

Der Winter dauerte nicht lange. In den ersten Februartagen wusch ein heftiger Regen die verbliebenen Schneereste von der Erde. Danach waren nur noch die Straßen und die befestigten Wege begehbar. Andernorts versank man im Morast.

Der Abt, der in diesen Tagen Holz schlagen lassen wollte, musste, angesichts der Wetterlage, von seinem Vorhaben absehen. So waren die meisten Bauern daheim mit handwerklicher Arbeit beschäftigt oder mit dem Ausbessern ihrer Arbeitsgeräte.

Die Höfe boten ein friedliches Bild. Doch der Schein trog.

Wie ein Lauffeuer hatte sich die Nachricht in den Dörfern verbreitet, dass in Ulm bereits eine erste Verhandlung zwischen den Baltringer Bauern und dem Schwäbischen Bund* stattgefunden hätte. Der Schwäbische Bund, das war eine Gemeinschaft der süddeutschen Fürsten und Adligen, der auch viele Reichsstädte beigetreten waren, hatte er es sich doch zur Aufgabe gemacht, für die »Aufrechterhaltung des Landfriedens« zu sorgen.

Der Vater sagte: »Nun schützen sich die Herren vor ihren Knechten!«

Er war in diesen Tagen fast immer unterwegs, ritt nach Illertissen und Tiefenbach, nach Kellmünz, Altenstadt und Bellenberg. Überall dort, wo die Bauern sich zusammentaten, weil sie ihrem Leibherrn die gleichen Klagen vorbrachten, wie die Bauern im Allgäu, in Baltringen und in Leipheim, brachte er Nachrichten zu den Versammelten, gab Ratschläge weiter und holte Rat für die eigene Sache.

Die Bauern in Illertissen und in den Dörfern, die dazugehörten, litten unter ihrem Herrn Vöhlin nicht weniger als die Bauern, die dem Gotteshaus Roggenburg angehörten.

Man litt unter den Adligen genau wie unter den Pfaffen. Da war die kirchliche Macht nicht anders als die weltliche.

Der Bauer aber blieb allein mit seinem Glauben an Gottes Gerechtigkeit, der arg strapaziert wurde.

Als der Vater nach Hause kam, schickte er den Martin zum Bair. »Ich muss mit ihm sprechen«, sagte er. »Und auch mit dem Melcher, dem Thoma, dem Ebner und dem Sausenthaler. Beeil dich, es ist wichtig!«

Martin rannte los, ließ alles liegen. Wie oft war er nicht nach Ingstetten gerannt. Jeder Stein am Weg war ihm vertraut, jeder Baum. Herzklopfen begleitete seine Vorfreude aufs Schäfle. Doch erst musste er zum Bair. Jetzt war eine andere Zeit. Eine Zeit, die für Liebe keinen Platz hatte.

Er traf den Bair nicht an. Auch nicht das Schäfle.

Der Schmied sagte, er hätte den Bair gesehen, wahrscheinlich zum Melcher unterwegs. Und das Schäfle sei zum Kloster. Einen Botengang machen.

»Vielleicht treffe ich sie«, hoffte Martin und ging zurück.

Den Bair traf er im Holz; der Melcher war bei ihm.

Er richtete ihnen aus, was ihm der Vater aufgetragen hatte. »Ich sag's noch dem Sausenthaler«, versprach der Bair. Und der Melcher stöhnte: »Keinen schickt der Jodok ins Holz bei dem Wetter, nur mich.« Dann fluchte er auf den Abt und zog eine Grimasse, die einen Gehenkten darstellen sollte.

Martin lachte gequält und kehrte um. Eine Weile wartete er noch aufs Schäfle. Hier muss sie vorbeikommen, dachte er. Aber sie kam nicht. Er hatte ein ungutes Gefühl. Den Pfaffen traute er nicht. Da gab es welche, die hielten es mit der Keuschheit nicht streng. Zu viel hatte er darüber erzählen gehört, um nicht ängstlich zu sein. Aber dann sah er das Schäfle und ihm fiel ein Stein vom Herzen.

»Hast du gewartet?«, fragte sie.

»Ich musste dem Bair eine Nachricht bringen.«

Sie umarmten sich. Das Schäfle streichelte seine Hand.

»Ich will, dass sie nur Gerechtes tut«, sagte sie dabei.

»Was ist schon gerecht?« Martin zuckte die Schultern.

Dann sagten beide nichts mehr bis zum Haus des Schmieds.

Am Abend kamen dann der Bair, der Melcher, später noch der Sausenthaler.

Der Dreck klebte an ihren Schuhen und ihre Wollmäntel trieften vor Nässe. Doch als sie später in der Stube versammelt saßen, waren die Unwirtlichkeiten des Wetters vergessen.

»Die andern trauen der Sache wohl noch nicht«, sagte der Vater, während er am Fenster stand und hinausschaute, als erwarte er noch jemanden.

»Es kommt keiner mehr«, sagte der Bair. »Der Ebner und der Thoma haben es mit der Angst gekriegt und auch die Meßhofener hatten eine Ausrede parat.«

Aber da näherte sich eine Gestalt. Schon stand sie vor der Tür. Es war Paulin Mahler, der Mönch. »Mit dir habe ich nicht gerechnet.« Der Vater war verwundert.

Die anderen wurden neugierig.

»Was tut sich hinter den Klosterrnauern?«, wollte der Bair wissen.

»Nichts«, wehrte Paulin ab. »Unruhig sind sie. Aber ansonsten gibt's keine Neuigkeiten. Aber von dir wollte ich welche hören«, sagte er und schaute dem Vater in die Augen.

»Du wolltest doch erzählen, was sich überall tut«, forderte der Melcher den Vater auf. Der aber ließ sich Zeit, trank erst mit allen.

Martin saß dabei. Sein Herz klopfte. Vor Erwartung. Vor Ungeduld. Auch vor Angst. Er beruhigte sich mit einem Becher Wein.

Dann drängten die andern den Vater; er solle endlich erzählen. Wie es andernorts aussähe. Was die Bauern beklagten. Und ob sie sich wehrten. Ob das mit den Baltringern auch stimme.

Der Vater schob seinen Weinbecher in die Mitte des Tisches, als müsse er erst Platz schaffen für seine Neuigkeiten, dann begann er zu reden.

»Es ist das gleiche Lied in allen Dörfern und überall dasselbe Aufbegehren. Die Klagen gleichen sich, an welche Obrigkeit auch immer sie gerichtet werden, wie ein Ei dem andern gleicht«, sagte er.

»Aber mit dem Klagen allein ist nichts erreicht«, warf der Sausenthaler ein.

»Man wird vertröstet und für dumm verkauft«, gab ihm der Bair Recht.

»Ihr müsst gemeinsam aufbegehren«, schlug Paulin vor. »Nur so hat die Sache Zukunft.«

»Du meinst, ein gemeinsames Bauernheer?«, fragte Martin.

»Das stärker ist als die Truppen des Bundes«, führte Paulin seine Idee weiter.

»Dann werden die Herren mit uns verhandeln müssen«, zog der Bair den Schluss daraus.

»Sie werden nur verhandeln, wenn ihr stärker seid als sie«, sagte Paulin.

»Und wirklich entschlossen«, stimmte ihm der Melcher zu.

»Wir müssten zunächst auch hier eine Bruderschaft gründen wie im Allgäu oder in Baltringen«, schlug der Vater vor..

»Und wie soll das vor sich gehen«, wollte Martin wissen.

»Jeder muss gefragt werden, ob er sich uns anschließt«, antwortete der Vater.

»Er muss sich einschreiben und zwei Kreuzer bezahlen«, fügte der Bair hinzu, der es so von den Baltringern gehört hatte.

»Warum sollen sie bezahlen?«, fragte Martin nach.

»Wir brauchen Waffen und Proviant«, bemerkte der Melcher.

»Ihr müsst einen Ort finden, wo die Bauern, die sich euch anschließen, zusammenkommen und beratschlagen können«, sagte Paulin.

»Ein Wirtshaus wär geeignet dafür«, schlug der Sausenthaler vor.

»Am besten in Weißenhorn*«, sagte der Vater, »da könnten wir so tun, als kämen wir zum Trinken zusammen.«

»Die Städter müssen nicht gleich merken, was sich tut«, sagte Paulin.

»Warum nicht? Dann könnten sie sich uns gleich anschließen«, witzelte der Melcher.

»Die wollen vom Bauer nichts wissen«, entgegnete ihm der Bair, »aber das Geld, das wir in die Stadt tragen, sehen sie gern.«

»Geld stinkt halt nicht«, gab ihm der Paulin Recht, »auch wenn's vom Bauern kommt.«

Der Bair verstellte jetzt seine Stimme und fistelte vornehm: »Sie horchen so gern die lateinische Mess und tun so, als verstünden sie ihren Pfaff.«

»Es sind schon die besseren Leut, die hinter den Stadttoren wohnen, zumindest bilden sie sich's ein«, stimmte ihm der Sausenthaler zu.

»Dabei«, sagte Paulin, »halten sie es mit den Geboten so, dass sie zur Fastenzeit Fleisch essen und hintenrum obszöne Reden führen gegen das Gotteshaus.«

»Das Fleischfressen tät ich ihnen gern abnehmen, wenn sie mich ließen«, grinste der Bair. »So habe ich mit dem Fastengebot kein Problem.«

Die anderen lachten.

»Ein Stück Käse ist noch da und Brot«, sagte Martin.

Der Bair wehrte ab und nahm einen kräftigen Schluck Wein. »Der ist Sünde genug«, lachte der.

»Wenn aber der Bürgermeister einen Aufruhr wittert, schreit er so laut um Hilfe, dass man es bei der Fugger'schen Herrschaft hört«, unterbrach der Sausenthaler Bairs Gelächter.

»Trotzdem sollten wir uns in Weißenhorn treffen«, sagte der Vater. »Trotz allem ist ein Wirtshaus dort der beste Ort zum Ratschlagen.«

Sie einigten sich auf den nächsten Samstag. Bis dahin sollte jeder Bauer von dem Treffen erfahren.

Dann machten sich alle zum Aufbruch bereit.

Paulin ging als Erster. Er machte einen Umweg, damit es aussah, als käme er aus einer anderen Richtung. Keine Spur wollte er hinterlassen. Und wenn ihn jemand ansprechen sollte, so wollte er sagen, er käme geradewegs von Weißenhorn, hätte dort ein Gespräch gehabt.

Aber niemand fragte ihn, als er das Klostertor passierte. Die anderen waren ohne jede Geheimniskrämerei nach Hause gegangen. Sie waren ohne Furcht und guter Dinge.

2.

Den ganzen Tag schon blies ein heftiger Wind, der die Erde trocknete. Dennoch war der Boden tief, der Weg nach Weißenhorn beschwerlich.

Martin hatte bis zum Mittag an nichts anderes denken können als an die Versammlung. Als der Vater ihn dann rief: »Wir gehen jetzt los!«, legte er erleichtert seine Arbeit beiseite.

Sie schlossen sich den Bauern aus Ingstetten und Meßhofen an, die am Wegkreuz auf sie warteten.

Zur gleichen Stunde trafen überall in den Dörfern, die dem Abt unterstanden, etliche Bauern zusammen und machten sich auf den Weg nach Weißenhorn.

Es war Samstag, der 18. Februar 1525.

Den Städtern war das nicht geheuer. Neugierig lugten sie aus ihren Fenstern und schauten und fragten einander, was das wohl zu bedeuten hätte. Es war doch kein Markttag heute.

Erst der Wirt, dessen Stube bald so überfüllt war, dass die Stühle ausgingen und somit viele der Bauern stehen mussten, getraute sich die Frage, was sie denn alle hierher führe.

»Miteinander trinken wollen wir, sonst nichts«, gab ihm einer die Antwort, worauf die anderen lachten.

Bald öffnete ihnen der Wirt den Wirtssaal, in dem sonst große Hochzeiten gefeiert wurden. Als auch dieser so voll war, dass die Bediensteten kaum mit dem Ausschenken nachkamen, wurde dem Wirt geraten, er möge auf jeden Tisch einen großen Krug mit Wein stellen, weil man sich selber bedienen könne und auch nicht gestört werden wolle durch ihn.

Der Wirt gehorchte, ließ von Knechten den Wein auftragen und ließ sich dann selbst nicht mehr sehen, denn er eilte zum Bürgermeister, um ihm zu berichten.

Derweil stellte sich der Sausenthaler vor die Bauern und rief über ihre Köpfe mit seiner tiefen, donnernden Stimme, die ihm sofort Gehör verschaffte: »Bevor ihr eure Klagen wider den Abt vorbringt, hört den Frankenhofer, der euch berichten wird, wie es anderswo ausschaut.«

Die Bauern horchten gespannt, als der Vater zu reden begann.

»Leute hört her«, sagte er, »ich will euch sagen, was allein in der letzten Woche alles passiert ist: Vor fünf Tagen haben sich die Bauern in Tannheim, Schwendi, Kißlegg und Waldburg erhoben. Sie haben ihren Herrschaften ihre Forderungen gesagt und gedroht, diese notfalls mit Gewalt einzuklagen. Vor drei Tagen haben sich die Bauern von Steinheim und vom Kloster Roth aufgelehnt. Ihr Herr ist nach Ulm geflohen!«

Bei dieser Nachricht begannen die Bauern Beifall zu klatschen, sie lärmten mit einem Male ausgelassen, sodass der Vater eine Zeit lang warten musste, um in seiner Rede fortzufahren: »Vorgestern haben sich die Bauern im Ulmer Ried versammelt. Sie sind viele tausend Mann stark. Gestern begehrten die Bauern in Legau das göttliche Recht von ihrem Herrn, dem Fürstabt von Kempten, ebenso die Bauern von Sontheim und Attenhausen. Heute liegt es an uns, ob wir uns der Not, in die uns das Kloster Roggenburg gebracht hat, fügen, oder ob wir aufbegehren, wie es die Bauern überall im Lande tun, gegen unseren Abt Jodokus Treher, den Lehn- und Leibherrn der meisten hier anwesenden Bauern. Jeder, der eine Klage gegen den Abt und das Gotteshaus vorzubringen hat, soll es jetzt tun, denn sie werden gesammelt und dem Rat der Stadt Ulm und dem Schwäbischen Bund, der dort tagt, vorgelegt.«

Kaum hatte der Vater zu Ende gesprochen, ging der Tumult von neuem los. Da stand der Ebner Jörg, der neben ihm saß, auf und verschaffte sich Gehör: »Außerdem soll sich jeder in die Bruderschaft eintragen und zwei Kreuzer bezahlen, damit wir auch sehen, dass ihr es ernst meint mit dem Aufbegehren!«

Gleich wurden die Bauern wieder laut, redeten durcheinander. Ein jeder hatte etwas vorzubringen gegen den Abt.

»Er teilt schändlich!«, schrie einer.

Und ein anderer überschrie den noch: »Unredlich und ungöttlich ist er!«

Einer der älteren Bauern, hager von Gestalt, mit knarrender Stimme zählte gleich auf, was ihm alles verboten war.

Dem fiel ein anderer ins Wort: »Der Abt verbietet das Fischen in den Weihern und nimmt seinen Untertanen sogar die Fischbäche«, klagte er.

Ein anderer, dicht bei ihm, jung noch, übertönte ihn: »Das Recht zu jagen verwehrt man uns. So können wir die Felder nicht vor Wildschäden schützen.«

»Verjagt den Abt!«, brüllten die, die hinten standen, und reckten ihre Fäuste hoch. »Jagt ihn zum Teufel!«

Der alte Stenglin aus Seyfertshofen zählte auf, was der Abt alles von ihnen forderte. Den zehnten Teil von der Frucht des Erdreichs als großen Zehnten*, dazu drei von zehn Säcken Getreide als Pacht für das Land.

»Vergiss den Kleinzehnt an Erbsen, Linsen, Rüben, Flachs und Kraut nicht«, schrie einer. Ein anderer fuhr fort: »Und den Blutzehnt von den Schweinen, Gänsen, Enten, Hühnern und Kälbern!«

»Die Getreidelager des Abts in Ulm und Memmingen quellen schier über«, rief einer aus Schleebuch, der dabei war, als das Getreide weggebracht wurde.

»Und wie war's mit dem Fuhrmann, der ein Leibeigener des Abts war?«, begann ein dürres Männchen, dem die Adern hervorquollen, zu erzählen. »Der kam aus dem Weinland und hatte fünf Fässer Wein mitgebracht und wenige Tage darauf starb er. Da hat der Abt drei von fünf Fässern für sich behalten und den Erben nur zwei gelassen.«

Martin schrieb, was die Bauern beklagten und der Vater half ihm dabei, wenn die Bauern schneller redeten, als er zu schreiben vermochte.

Jetzt erhob der Sausenthaler seine Stimme: »Die Klagen sollen zurückstehen. Jeder soll sich erst einmal einschreiben lassen in die Bruderschaft und zwei Kreuzer bezahlen.«

»Und was ist mit den Frondiensten?«, rief einer aus der Menge, »sollen die bestehen bleiben?«

»Wenn's keiner beklagt«, antwortete der Bair ihm.

»So soll er aufschreiben«, rief ein Bauer: »Wir wollen weder mähen noch heuen und düngen auf den Feldern des Abts, solange unsere eigene Arbeit nicht getan ist.«

Während die einen sich nun einschreiben ließen, murrten die andern: »Warum jetzt auch noch für den Ungehorsam bezahlen?«

»Weil's notwendig ist«, versuchte der Frankenhofer zu erklären.

»Notwendig, wieso?«

»Weil unsere Bewaffnung Geld kostet. Oder glaubt ihr, Spieße und Hakenbüchsen* gäbe es umsonst?«

Einige der Bauern zögerten dennoch. Da wurde der Bair wütend und rief: »Ein jeder soll sich einschreiben lassen und zwei Kreuzer bezahlen!«

»Und wer es nicht tut?«, fragte einer aus Meßhofen.

»Den werden wir aus unserer Gemeinschaft stoßen, ihm jede Hilfe verweigern und zum Zeichen Pfähle vors Haus schlagen und verbrennen.«

»So wollt ihr die, die eurer Sache nicht anhängen wollen, dazu zwingen?«

»Ohne Zwang gibt es keine Einheit«, bemerkte der Sausenthaler.

»Dann dürfen wir ja wieder nicht frei entscheiden! Geraten von der einen in die andere Abhängigkeit.«

Der Vater wollte den Disput schlichten: »Niemand wird auf der Seite des Abtes stehen.«

»Wenn einer sich aber fürchtet?«

»So soll er seine Furcht vergessen oder sich zum Vieh gesellen!«

Nun drängten die Bauern noch ungestümer zum Tisch, an dem sie sich einschreiben konnten. Das nahm einige Zeit in Anspruch.

Doch als der Letzte eingeschrieben war, begannen die Bauern zu zechen und viele hörten schon nicht mehr zu, als der Mayr aus Meßhofen das Wort ergriff und sagte: »Das Evangelium und Gottes Wort, welches lang unter der Bank gelegen hat, wollen wir wieder hervorziehen und aufrichten.

Die Pfaffen sollen das Gotteswort klar sagen im Text und ohne ihr falsches Zutun.«

Diejenigen, die noch zugehört hatten, lobten den Mayr für seine Rede. Immerhin war es wichtig, dass Gott auf ihrer Seite stand, denn ohne Gottes Hilfe und Beistand war jedes Aufbegehren zwecklos. Schließlich sollten die Obrigkeiten, die Gottes Wort so oft verdreht und somit ihre Macht missbraucht hatten, auch durch das Evangelium geläutert werden.

Die anderen, tranken vom Wein, johlten ausgelassen und beklatschten jeden Spruch wider den Abt. Es schien, als wären sie wirklich zum Trinken zusammengekommen.

Doch als die Krüge leer waren, löste sich die Versammlung bald auf, und nach und nach trat man in kleinen Gruppen den Heimweg an.

Martin ging neben dem Sausenthaler.

»Warum soll der Bauer denn nicht frei entscheiden, ob er sich uns anschließen will oder nicht?«, fragte ihn Martin.

»Weil wir nur stark sind, wenn wir geschlossen sind«, antwortete ihm der Sausenthaler.

»Aber jemand, der nicht mit dem Herzen dabei ist und nur unter Zwang zu uns hält, der fällt doch um beim leisesten Zweifel. Und wenn es viele Halbherzige gibt, werden sie die Sache schnell verraten.«

Da mischte sich der Vater ein, der einen Schritt hinter den beiden hergegangen war, und antwortete dem Sohn: »Wer noch nie etwas bestimmen konnte, dem fällt es schwer, plötzlich selbst für etwas verantwortlich zu sein und nicht nur gehorchen zu müssen. Er muss sich erst daran gewöhnen, erst ein Herz bekommen für das Gefühl, niemandem mehr zu gehören.«

3.

Es war schon dunkel, das Gelände unwegsam. Das matte Licht, das der Mond hergab, reichte kaum aus, um sicher auf dem Weg zu bleiben. So fiel kaum ein Wort mehr. Jeder war mit sich selbst beschäftigt. Mit dem Weg und mit den Gedanken, die sich im Kopf breit machten.

Der Melcher und der Bair, die haben gut reden, dachte Martin.

Sie haben nichts zu verlieren. Nur ihre Leibeigenschaft. Ihr Leben natürlich. Aber sie tun, als bedeute ihnen das nichts. Beim Sausenthaler ist das anders. Er ist ein Freier. Was aber bringt ihn dazu aufzubegehren? Da erinnerte sich Martin, wie der Sausenthaler einmal sagte: »Wenn sie in Wiesenthai Gericht halten, werden der Gerechtigkeit die Augen verbunden.« Und er sagte, er wäre ein besserer Richter. Vielleicht war das sein Ziel und Anliegen. Der Mayr war gottesfürchtig wie kein anderer von ihnen, vielleicht hatte er deshalb erst wieder gezaudert und wollte gehorsam bleiben. Aber jetzt hatte er in Weißenhorn eine solche Rede gehalten, als wollte er nicht für die Bauern, sondern für Gott einstehen. Bei Jos, seinem Sohn, war es nicht anders. Peter Thoma und Adam Ebner waren nicht nach Weißenhorn gekommen. Der Vater sagte, sie wollten gehorsam bleiben. Würde man sie nun zwingen? Eine Sache zu tun, die sie nicht wollten? Martin dachte an seinen Vater, dessen Schritte er hinter sich spürte. Warum war er so verbittert? Wegen Anderlin vielleicht, der sich als Landsknecht verdingen musste. Der Anderlin ist sein Lieblingssohn. Aber ich bin der Ältere. Vielleicht wäre es ihm lieber gewesen, ich wäre statt seiner Landsknecht geworden. Dann aber wischte er sich diese Überlegung von der Stirn wie einen sündhaften Gedanken. Eher war es doch die gottlose Ungerechtigkeit, die sich bei den Herren mehrte und die immer dreister wurde. Er spürte es ja in seinem eigenen Herzen. Je mehr er erfuhr, wie man überall mit den Bauern umsprang, desto aufgewühlter wurde er. Martin schaute zum Himmel und sah, wie sich der Mond aus den Wolken befreite. Gleich wurde es heller. Die Gesichter der anderen waren wieder zu erkennen. Da war aber der Weg schon zu Ende. Die Tannen warfen weite Schatten. Ihre Spitzen reichten bis Frankenhofen.

Bereits am nächsten Tag wurde jeder Bauer, der zum Reichsstift Roggenburg gehörte, aufgefordert, der Bruderschaft beizutreten. Bis zum Abend hatte man jeden erreicht.

Die meisten konnte man überzeugen. Allein eine Begeisterung für die Sache war oft so wenig zu spüren wie ein Ablehnen.

»Es muss halt jemand in die Hand nehmen«, sagten die einen. »Wenn alle mitmachen, soll es an meiner Person nicht fehlen«, sagten die anderen.

Im Übrigen wartete ein jeder erst einmal den Lauf der Dinge ab. Die schon in Weißenhorn bei der Versammlung waren und sich in die Bruderschaft einschrieben, auf die konnte man bauen.

Die Daheimgebliebenen würden Mitläufer sein, vielleicht sogar Quertreiber. Doch der Sausenthaler, der Bair, der Mayr und der Melcher hofften, dass der Funke auch bei ihnen Feuer fangen würde. Es kamen neue hinzu, die die Sache mit in die Hand nehmen wollten: Martin Treu aus Schießen, ihm schloss sich Michel Hertl an, der Schnicher aus Meßhofen, Theys Wenender, Baltus Moll und Urban Plost, dem es wohl nur ums Schlagen ging, denn er war als Raufbold weithin bekannt.

Der Vater versuchte mit Nachrichten aus den Bruderschaften, die schon in Wehr und Waffen standen, dem eigenen Handeln Gewicht zu verleihen, doch ging bei den meisten erst einmal die Arbeit in der gewohnten Weise weiter.

Auch Martin war auf dem Hof. Allein wieder mit den Frauen und Geschwistern. Der Vater war am frühen Morgen schon nach Jettingen geritten, um den Stoffel Beck, der das Anliegen der Bauern dort in die Hand genommen hatte, zu treffen.

Kaum hatte Martin aber das Vieh versorgt, machte er sich auf den Weg nach Ingstetten. Es war Sonntag. Er wollte in die Kirche, den Gottesdienst nicht versäumen. Und das Schäfle wollte er sehen. Danach. Er ging am Bach entlang. Es begann leicht zu regnen. Aber der Regen störte ihn nicht.

In der Kirche war alles so, wie es immer war.

Auf der einen Seite knieten die Männer, auf der anderen die Frauen; die Kinder ganz vorne. Jeder hatte seinen Platz.

Die Messe wurde gelesen. Es war nichts zu spüren vom Aufruhr.

Danach aber blieben die Männer vor der Kirche versammelt und beredeten laut ihre Klagen, während die Frauen schon auf dem Heimweg waren. Der Pfaff, der hörte, was vor seiner Kirche gesprochen wurde, fand keinen Mut sich in das Gespräch einzumischen.

Der Mesner zeigte ihm den leeren Klingelbeutel.

Es war das erste Mal, dass der Beutel leer geblieben war. Darüber erschrak der Pfaff dermaßen, dass er bleich wurde wie Kalkstein und sich daraufhin in der Sakristei einschloss und dort wartete, bis die Bauern wieder auseinander gelaufen waren.

Ein leerer Klingelbeutel, das wusste er, bedeutete Auflehnung.

Das Schäfle, das mit den anderen Frauen gleich nach der Messe gegangen war, wartete vor der Schmiede auf ihren Martin. Der war ihr gleich gefolgt, noch ehe das versammelte Mannsvolk laut wurde. Als er bei ihr war, gingen sie ein Stück zusammen.

»Der Prior hat mich nach deinem Vater ausgefragt«, sagte sie.

»Und?«

»Nichts hab ich gesagt. Was hätte ich auch sagen sollen?«

»Dass er in Memmingen gewesen ist, das wär ihm schon verdächtig vorgekommen.«

»Ich hab überhaupt nichts gesagt«, sagte das Schäfle bestimmt.

»Das ist gut so«, beruhigte Martin sie, dann schimpfte er über den Prior: »Horcht bei den Weibern rum! Als ob es nicht alle Welt weiß, dass wir uns versammelt haben.«

»Ob ich etwas von der Versammlung wüsste, hat er gefragt.«

»Und?«

»Was hätte ich ihm sagen sollen?« Sie gingen schweigend den Rest des Weges bis zum Haus. »Kommst du noch mit rein?«, fragte sie.

»Wenn's dem Vater recht ist?«

»Was soll er dagegen haben?«

Sie gingen ins Haus. Das Schäfle voran. Drinnen saß ihr Vater am Tisch, als ob er gewartet hätte. Er grüßte Martin, einsilbig, wie sonst auch. Nicht freundlich, nicht abweisend. Dann fragte er den Martin, ob er gestern auch dabei gewesen wäre.

»Ja«, sagte Martin. »Mit dem Vater, dem Sausenthaler und dem Bair.«

»Der Bair hat's mir schon erzählt«, antwortete der Schmied.

»Warum fragst du dann?«

Der Schmied antwortete nichts darauf.

Nach einer Weile sagte er: »Der Bair sagt, ich solle Waffen schmieden für euch, Hellebarden* und Spieße.«

»Wirst du es tun?«

»Ich denke darüber nach«, antwortete der Schmied.

»Man wird dich dafür bezahlen«, sagte Martin.

Der Schmied winkte ab. »Darauf kommt es mir nicht an«.

»Er arbeitet aber fürs Kloster«, warf das Schäfle ein.

»Davon kann ich leben«, sagte der Schmied. »Aber was wird, wenn das alles vorbei ist?«

»Dann brauchst du vielleicht das Kloster nicht mehr«, sagte Martin.

Der Schmied schüttelte ungläubig den Kopf, dann sagte er: »Du bist schnell mit dem Wort. Ich hoffe, dass du Recht behältst.«

Dann forderte er den Jungen auf, er möge zum Essen bleiben.

Martin nahm an, aß Suppe und Brot an ihrem Tisch.

4.

Er ging zurück. Die Arbeit wartete. Das Dach war undicht geworden und musste ausgebessert werden. Von dort oben blickte Martin über die Felder. Er war traurig und wusste nicht recht warum. Viel wurde erzählt, geredet, verdreht. Jeder hatte eine andere Neuigkeit parat.

In Clausen Mayrs Haus, als wieder Rat gegen den Abt und das Gotteshaus gehalten wurde, hatte der Vater ihn nicht mitgenommen.

Im gesamten Klostergebiet kamen die Bauern jetzt zusammen, sogar unter freiem Himmel. Jos Mayr war da und hatte es ihm erzählt: »Überall wird beschlossen, wie man wider das Kloster handeln wird.«

Martin wusste nicht, sollte er die Ohren aufsperren oder verschließen. Die Sache zog ihn an. Aber er musste sich um den Hof kümmern, wenn es der Vater nicht mehr tat. Sie stieß ihn auch ab, wenn sie einem wie dem Bader, der nicht mitmachen wollte, Pfähle vors Haus schlugen und anzündeten. Wenn einer wie der Plost dabei war, dem es nur ums Schlagen ging.

Seit Sonntag war er in Frankenhofen geblieben. Die Arbeit ging nicht aus. Die Frauen litten ohnehin unter der Unrast der Männer in diesen Tagen.

Jos erzählte auch, dass es ein Treffen im Sumpffen gegeben hatte. Dort hatte man Hauptleute und Unterführer bestimmt. Der Aufstand bekam allmählich Köpfe: Der Bair, der Sausenthaler, Martin Treu und der Vater sollten Hauptleute sein, der Schnicher und der Hertl ihre Unterführer.

Selten sah er den Vater; der kam erst spät in der Nacht nach Hause und hatte kaum ein Wort für ihn übrig.

Da erfuhr er mehr vom Jos Mayr, dessen Vater war gesprächiger und machte nicht aus allem ein Geheimnis. Der hatte erzählt, was sich im Sumpffen zugetragen hatte, was besprochen und beschlossen worden war. Und wie man eifrig bemüht war, diejenigen, die schwankten, umzustimmen. Und wie schon gerüstet wurde für den möglichen Krieg.

»Der Abt hat den Herrgott verraten«, sagte Jos. »Nun soll er die Quittung bekommen. Wenn es zum Kampf kommt, will ich dabei sein.«

»Ich will es auch«, sagte Martin, »aber ich will es selber entscheiden und mich nicht dazu zwingen lassen.«

Jos gab ihm Recht. Beide kritisierten sie das Vorgehen der Väter. Sie sagten, man dürfe niemanden dazu zwingen.

Am Abend kam Paulin. Den ganzen Weg vom Kloster war er gelaufen; jetzt stand er, völlig außer Atem, vor der Tür.

Was denn los sei, wollte Martin wissen.

»Der Abt ist geflohen«, keuchte Paulin, »nach Ulm, am frühen Morgen schon.«

Martin bat ihn herein. »Was bedeutet das?«

»Er wird um Beistand bitten, falls die Bauern sich erhe ben.«

Martin brachte Ziegenmilch und Käse.

»Iss und trink mit mir«, bat er Paulin, »ich habe heute noch nichts gegessen.«

Paulin ließ sich nicht lange bitten, trank. »Vielleicht hat er nur Angst gekriegt und hat Hals über Kopf das Kloster verlassen.«

»Der weiß am besten, vor was er davonläuft«, meinte Paulin und brach dabei ein Stück Brot ab. »Ich glaube allerdings nicht, dass ihn die Reue nach Ulm gejagt hat. Irgendetwas führt er im Schilde.«

»Die Ulmer haben mit den Baltringern genügend am Hals«, warf Martin ein. »Die werden sich nicht groß mit dem Abt befassen.«

»Jedenfalls nimmt er euer Aufbegehren ernst«, sagte Paulin, »sonst wäre er nicht geflohen.«

»Gibt es denn keinen Zweifel?«, fragte Martin.

»Ganz und gar nicht«, bekräftigte Paulin seine Mitteilung. »Ich weiß es vom Prior, der hat es an den Konvent weitergegeben.«

»Weiß von den Bauern schon jemand Bescheid?«

»Du bist der Erste«, sagte Paulin. »Sieh zu, dass es die andern auch erfahren.«

Dann machte er Anstalten zum Aufbruch.

»Willst du nicht warten, bis der Vater heimkommt?«

»Ich muss ins Kloster zurück, damit dort keiner Verdacht schöpft, dass ich Konventgeheimnisse verrate«, antwortete Paulin und ging los.

Martin trug die Milch und das Brot in die Küche zurück.

Dort saß noch die Mutter, flocht einen Weidenkorb.

»Der Paulin war da, hat gesagt, der Abt wäre nach Ulm geflohen«, sagte er ihr.

Die Mutter aber gab ihm keine Antwort, sondern schüttelte nur den Kopf, als wollte sie sagen, was begeht ihr für Unrecht.

Martin spürte es. Er kannte ihre ungesprochenen Gedanken. Den Ungehorsam der Männer empfand sie als Sünde. Und Sünden werden bestraft.

»Ich weiß, was du denkst«, sagte Martin. »Aber glaub mir, dem Herrgott sind wir nicht ungehorsam und das Handeln der Kirche ist ungöttlich.«

Die Mutter aber wollte nichts mehr hören, legte den unfertigen Korb auf den Tisch zurück und ging.

Martin setzte sich neben das Feuer, das nur noch wenig glimmte und wartete auf den Vater.

5.

Der kehrte heim, gut drei Stunden nach Einbruch der Nacht.

Er hatte ein zweites Pferd dabei.

»Das ist für dich«, sagte er.

Martin war erstaunt.

»Wir reiten zusammen nach Baltringen, morgen in aller Früh.«

»Woher hast du es?«, fragte Martin.

»Der Beck hat's mir geliehen, hat gesagt, es wäre besser, wenn wir zu zweit wären.«

Martin betrachtete das Pferd, eine Fuchsstute, ziemlich kräftig. Der Vater brachte es in den Stall.

»Es gibt eine Verhandlung mit dem Schwäbischen Bund, da soll ich dabei sein«, sagte er. Martin freute sich. Es machte ihn stolz, dass der Vater gerade ihn mitnehmen wollte.

»Willst du nicht lieber den Bair oder den Sausenthaler mitnehmen?«, fragte er.

»Die werden hier gebraucht«, antwortete der Vater. »Außerdem brauch ich einen, der gut im Lesen und Schreiben ist.«

Dann fasste er den Jungen bei den Schultern und sagte: »Du bist der Richtige dafür.« Martin wurde verlegen, dann sagte er hastig: »Der Abt ist nach Ulm geflohen.«

»Dann nimmt er die Sache doch ernst«, triumphierte der Vater und händereibend fügte er hinzu: »Aber das Klagelied, das er in der Stadt anstimmen wird, werden wir ihm noch austreiben.«

Doch in den leisen Triumph, der sich in den .Augen des Vaters spiegelte, drängte sich nun auch eine Spur von Besorgnis. Von der Stadt aus konnte der Abt vielleicht gefährlicher wirken. Hier hatte man ihn doch besser unter Kontrolle.

»Leg dich jetzt hin«, sagte der Vater, »es ist weit bis Baltringen. Da müssen wir ausgeruht sein.«

Martin folgte dem Vater und eilte in seine Kammer.

Eine Stunde vor Sonnenaufgang ritten sie los.

Martin gewöhnte sich schnell an die Stute, die schwerfälliger war und langsamer im Galopp als das Pferd des Vaters.

Die Nacht war kalt gewesen, die Wege gefroren. Dicker Reif haftete an den Bäumen und Sträuchern und auf den Schindeln.

Dennoch kamen sie gut voran.

Die Mutter hatte, als der Vater ihr sagte, dass er den Martin mitnehmen würde, nichts geantwortet. Nur mit dem Kopf genickt, nicht widersprochen, keinen Einwand geäußert, gehorsam die Wegzehrung gerichtet und zuletzt, als sie die Pferde schon zum Abritt bereithielten, leise gerufen: »Behüte euch Gott«, und das Kreuzeszeichen gemacht.

Die erste Zeit waren sie wortlos nebeneinander geritten, langsam im Schritt, den Mantel vors Gesicht geschoben wegen der Kälte, und die Hände, die schnell gefühllos wurden am Zügel, in die Ärmel gesteckt, samt dem Zügel.

Von Gannertshofen her hörten sie dann den ersten Hahn krähen; die Sonne kündigte sich an. Augenblicklich wurde es warmer.

Jetzt galoppierten sie schon einmal eine längere Strecke und wenn sie die Pferde dann wieder in Schritt fallen ließen und nebeneinander ritten, dann sprachen sie miteinander.

»Was ist das für eine Verhandlung?«, fragte Martin.

»Der Hauptmann der Baltringer, der bereits zehntausend Bauern in Wehr und Waffen hat, trifft mit dem Kanzler Leonhard von Eck* und einigen Bundesräten zusammen«, antwortete der Vater.

»Wer ist dieser Eck?«, fragte Martin.

»Er ist der Kanzler der bayerischen Herzöge und gilt als der führende Kopf im Schwäbischen Bund. Ein Bauernhasser, wenn du mich fragst.«

»Wie kommst du darauf?«

»Er ficht für den Adel und macht sich über die Bauern lustig.«

»Wer sagt das?«

»Man hört's immer wieder. Seine Reden sind so, dass er die Bauern verachtet.«

»Aber wenn die Bauern in Baltringen so viele sind, wird auch er nachgeben müssen«, meinte Martin.

»Es wird wohl nicht die letzte Verhandlung sein, die zu führen sein wird«, sagte der Vater nachdenklich. »Irgendwann müssen sie den Klagen doch nachgeben«, hoffte Martin.

»Erst einmal werden die alles hinauszögern wollen«, prophezeite der Vater. »Uns macht das mürbe und die anderen stark.«Er gab dem Pferd jetzt ungehalten die Sporen, dass es sogleich losgaloppierte.

Die Stute folgte, ohne dass Martin, der nicht so geübt war im Reiten, eine Hilfe gegeben hätte. Einen Moment lang meinte er, vom Pferd zu fallen, doch konnte er sich gerade noch im Sattel halten und blieb sitzen.

Sie trabten auf Illertissen zu. Die Sonne war aufgegangen; es schien, als würde es ein klarer Tag werden. Das Vöhlinschloss ragte in den aufklarenden Himmel und als sie durch die Stadt ritten, waren viele schon unterwegs, ihr Tagwerk zu beginnen.

Sie trafen auf eine Gruppe Bauern, die ebenfalls unterwegs nach Baltringen war, um sich dort dem Haufen anzuschließen. Zwei Landsknechte waren dabei, die sich ohne Sold und nur der Sache wegen den Bauern angeschlossen hatten. Sie waren gerade über die Illerbrücke geritten, als Martin und der Vater sie eingeholt und dabei ein paar Worte mit ihnen gewechselt hatten. Jetzt warteten sie am anderen Ende der Brücke auf die Bauern, die ihnen zu Fuß folgten.

Martin und der Vater aber waren am Flussufer weitergeritten. Dort, im Schatten des dichten Flusswaldes, war der Boden noch gefroren, hing an den Bäumen und im Dikkicht noch der Frost der vergangenen Nacht.

Sie ließen die Pferde wegen der vereisten Stellen vorsichtig im Schritt gehen. Rechts von ihnen strömte das schnelle Wasser der Iller, die hoch war in diesen Tagen, der Donau zu.

Eine Zeit lang ritten sie so. Als der Illerwald dann lichter wurde, kehrten sie vom Fluss ab und ritten durch den Wald ins nächste Dorf. Auch dort hatten die Bauern schon aufbegehrt und ihr Herr war nach Ulm geflohen. Viele der Bauern standen auch hier schon in Wehr und Waffen und hatten sich dem Baltringer Haufen:} angeschlossen.

Das Dorf war wie aufgewühlt. Die Frauen hasteten aufgescheucht vor den Höfen ihrer Arbeit nach, die Kinder halfen ihnen dabei, doch von den Männern war niemand zu entdecken.

»Die sind alle beim Haufen«, sagten sie.

Hinter dem Dorf waren die Ackerwege tief. Spuren von Fußvolk und Reitern waren zu erkennen und ein Wagen war durch den tiefen Boden gezogen worden.

Es war jetzt Zeit für eine Rast. Sie stiegen ab und banden die Pferde fest. Dann setzten sie sich auf einen umgestürzten Baum und aßen von dem geschmalzten Brot, das die Mutter ihnen mitgegeben hatte.

Gestärkt ritten sie durch den Wald, dort war der Boden wieder fester und in der Luft lag noch eine schneidende Kälte. Als sie den Wald durchritten hatten, blickten sie über das Ried, sahen Rauchwolken in den Himmel steigen und hielten einen Moment lang inne.

»Dort ist das Lager«, sagte der Vater und zeigte in die Richtung, aus der die Rauchwolken stiegen.

Ungeduldig spornten sie die Pferde noch einmal an, hielten sie kurz am Zügel und galoppierten durch das Ried. Bald sahen sie die Spitzen der Zelte und wenig später hatten sie schon das Lager erreicht.

Martin erschrak vor dem Anblick. Niemals zuvor hatte er so viele Menschen auf einem Fleck gesehen.

»Wie ein Ameisenhaufen«, raunte er dem Vater zu.

»Siebentausend sind wir jetzt«, hörte er einen Fähnrich:} sagen, während sie sich durch die Menge drängten.

Martin beobachtete dabei die Landsknechte, die mit den Bauern den Umgang mit den Waffen übten. Sie machten viel Lärm und es schien, als wollten sie fortwährend imponieren. Ihnen war bewusst, welch wichtige Rolle sie spielten und sie demonstrierten dies lautstark.

Es waren auch einige Frauen im Lager, Bauersfrauen, die kochten, und solche, die die Landsknechte angeschleppt hatten. Marketenderinnen, die für ein paar Kreuzer ihren Liebesdienst taten und von Arm zu Arm gereicht wurden in der Nacht.

Jetzt saßen sie zusammen vor dem Zelt, in offenherzigen, bunten Kleidern. Eine von ihnen lächelte Martin herausfordernd an, sodass er dem Blick nicht standhalten konnte und verlegen wegschaute.

Mittag. Eine nervöse Unruhe herrschte im Lager.

Die Spannung war von den meisten schwer zu ertragen.

Bis auf die Marketenderin achtete niemand auf die beiden, die von Frankenhofen her geritten kamen. Der Vater fragte einen Landsknecht nach dem Hauptmann der Baltringer, dem Schmied von Sulmingen.

Der Gefragte zeigte in eine Richtung, die sie sofort einschlugen. Dort erblickten sie wenig später vor einem Zelt, das stattlicher als die anderen war, einen Mann, um den sich einige Landsknechte und Bauern scharten und ihn fortwährend hochleben ließen.

Sie machten Anstalten, ihn durchs Lager tragen zu wollen, doch konnte er sich dem gerade noch, lauthals lachend, widersetzen.

»Das ist der Mann«, sagte der Vater zu seinem Sohn. Es war Ulrich Schmid*, der Schmied von Sulmingen, der in wenigen Wochen schon zur Legende geworden war.

Martin betrachtete ihn. Ein hoch gewachsener, kräftiger Mann in guter Kleidung. Die Haare etwas länger als üblich. Die Augen blau, sie strahlten Güte aus und Warmherzigkeit.

Als sie nun dem Zelt näher kamen, hörten sie, wie er einigen Landsknechten die Lage erklärte. Kurz darauf eilten sie in verschiedenen Richtungen auseinander. Martin und der Vater traten auf ihn zu.

»Ich bringe Nachrichten aus dem Roggenburger Gebiet«, sagte der Vater. »Stärkt euch erst«, sagte der Schmied, ließ Wein und Brot kommen, dann bat er sie in sein Zelt.

Gleich kamen sie ins Gespräch.

»Ich habe noch niemals vorher so viele Menschen auf einem Fleck gesehen«, sagte Martin erstaunt.

Der Schmied lachte: »Der Haufen ist gewachsen. Erst waren wir zehn, dann hundert, und jetzt sind wir bald hundert mal hundert.«

»Ich habe gehört, dass Ihr weder ein Leibeigener, noch ein Zinser seid, sondern vielmehr ein freier Mann«, fuhr Martin fort.

»Man hat dir nichts Falsches erzählt«, lächelte der Schmied.

»Und warum haben sie gerade Euch zum Hauptmann gemacht, und warum habt Ihr Euch dazu machen lassen, wo Ihr doch keine Not leidet?«

»Vermutlich weil ich lesen kann und mich in der Bibel auskenne«, antwortete der Schmied. »Als die Bauern sagten, dass sie mich brauchen, da machte ich ihre Sache zu der meinen und wurde ihr Führer.«

Er wandte sich dem Vater zu und erzählte: »Anfänglich waren wir, wie gesagt, nur wenige, aber täglich wurden es mehr, die sich uns anschlossen.«

»Und was sagt ihr den Bauern?«

»Die Sache ist einfach. Ich glaube an die göttliche Gerechtigkeit und daran, dass nur das in der Heiligen Schrift verankerte Göttliche Recht* das Miteinander der Menschen regeln kann, dass alle Menschen gleichermaßen diesem Recht verpflichtet sind. Die Landesherren wie die Bauern, die Geistlichen wie die Bürger. Ich habe den Nonnen und Mönchen, wenn ich in Klöstern und Pfarrhäusern zu tun hatte, klarzumachen versucht, dass sie ihr Brot mit eigenen Händen verdienen müssen und sich nicht vom geschundenen Bauern aushalten lassen dürfen. Den Bauern habe ich geraten, alle Verbesserungsvorschläge und Klagen deutlich zu formulieren und in Einklang zu bringen.«

Draußen wurden mit einem Male Kommandos gebrüllt. Martin blickte beunruhigt nach draußen.

»Sie sollen die Schlachtordnung im freien Feld durchexerzieren«, erklärte der Schmied den Lärm. »Ich lasse die Bauern auch das Fechten üben. Die Landsknechte sind ihre Lehrmeister.«

Dann trat er kurz vor das Zelt, gab den Landsknechten ein paar Anweisungen und kam wieder zurück.

»Vor Wochen waren schon Beobachter des Schwäbischen Bundes hier, die haben sich gewundert, was sich hier zusammenbraut. Danach haben sie Abgeordnete gesandt, die die Bauern anhielten, sie mögen schleunigst nach Hause gehen und brav alles tun, was ihre Herrschaft ihnen befehle, andernfalls werde es ihnen ergehen wie den Fröschen im Frühling, die machen erst laut quak quak und am Ende holt sie ganz einfach der Storch und schluckt sie runter. Ihr könnt euch wohl denken, wie die Männer aufgebracht waren ob solcher Reden und ich hatte alle Hände voll zu tun, meine Leute im Zaum zu halten.«

Der Frankenhofer unterbrach ihn und fragte: »Was beklagen denn bei euch die Bauern und was fordern sie?«

»Das Begehren der Bauern hier wird dem anderer Landstriche ganz ähnlich sein«, antwortete der Schmied. »Nach altem Brauch wollen sie Brennholz im Wald schlagen, das Wild auf dem Feld jagen und den Fisch im fließenden Wasser fangen, ohne von irgendwelchen Herren zur Rechenschaft gezogen zu werden.« .

»So ist es auch bei uns«, pflichtete der Vater bei.

»Einige Gemeinden verlangen auch das Recht, ihren Pfarrer selber wählen zu dürfen und andere wollen die bäuerliche Gerichtsbarkeit wieder durchsetzen. Weniger Zins zahlen will jeder. Die Leibeigenen wollen nicht mehr leibeigen sein und der Frondienst muss abgeschafft werden. Wir haben mehr als dreihundert Klagen gesammelt und sie den Abgesandten des Schwäbischen Bundes übergeben.«

»Und?«, unterbrach ihn der Vater neugierig.

»Sie haben sie ohne Kommentar entgegengenommen. Später ließen sie verlauten, sie müssten sich erst mit den einzelnen Herrschaften besprechen, über die die Bauern Klage führten, und das brauche Zeit.«

»Zeit um selbst aufzurüsten«, bemerkte der Vater bitter.

»Gewiss, sie vertrösteten uns, versprachen, dass sie am 27. Februar wiederkommen würden, solange mögen sich die Bauern ruhig verhalten.«

»Dieser Tag ist heute«, bemerkte Martin.

»Deshalb auch die Unruhe bei allen und die gespannten Gesichter«, sagte der Schmied. »Das Warten wird ihnen lang. Wenn unseren Forderungen nicht nachgegeben wird, wollen meine Leute sie mit Gewalt durchsetzen.«

»Das kann ich gut nachfühlen«, sagte Martin, der gespannt den Worten des Ulrich Schmid gefolgt war. »Sie bekommen das Gefühl, man halte sie zum Narren.«

»So schnell kann der Schwäbische Bund keine Truppen herziehen, noch haben wir Zeit zum Verhandeln«, versicherte ihm der Schmied. Dann bat er den Vater, er solle berichten was sich im Klostergebiet tat.

Der erzählte von den Treffen im Sumpffen, vom Abt, der nach Ulm geflohen war, und von dem Begehren der Bauern dort.

»Die Bauern aus den benachbarten Gebieten müssten Kontakte zueinander haben und stets in Verbindung miteinander stehen«, sagte der Schmied.

Dann fasste er den Vater bei den Schultern und sagte: »Ihr wärt einer, der so ein Kundschafter sein könnte, der die einzelnen Haufen miteinander verbindet.«

Bevor der Vater antworten konnte, wurden sie unterbrochen.

Ein Kurier der Abgesandten kam ins Lager geritten. Trotz seiner stolzen Haltung sah man ihm an, dass er Angst hatte. Die Bauern mit ihrem Drohgebaren waren ihm nicht geheuer. Er war erleichtert, dass er ohne Zwischenfall zum Hauptmann geführt wurde.

»Was führt Euch her?«, fragte ihn Ulrich Schmid.

»Die Herren Abgesandten des Schwäbischen Bundes wünschen, dass die Verhandlung nicht hier, sondern im nahe gelegenen Laupheim stattfinden soll.«

»Und warum das?«, forschte der Schmied.

»Der Herr Kanzler Leonhard von Eck ist der Auffassung, das Gewicht wäre hier ungleich verteilt und die Abgesandten wären vor Übergriffen der Bauern nicht sicher. So sollt ihr auch nur mit einer der Verhandlung angemessenen Leibgarde in Laupheim erscheinen.«

»Sag den Herren, dass ich komme«, antwortete der Hauptmann in barschem Ton und ließ den Kurier ziehen. »Die scheinen mächtigen Respekt zu haben«, scherzte der Vater.

»Ich würde euch gerne dabeihaben«., sagte der Schmied.

»Deshalb sind wir hier«, stimmte der Vater zu.

Der Hauptmann der Baltringer stellte nun seine Leibgarde zusammen und gab denjenigen Anweisungen, die ihn im Lager vertreten würden. Dann schnürte er seinen Gurt, warf sich den Mantel über und schritt durchs Lager, bejubelt von seinen Bauern, zu den Pferden.

Kurze Zeit später ritten etwa fünfzig Bauern und Landsknechte mit ihrem Hauptmann nach Laupheim.

Mit dabei war Martin, der stolz war, neben einem so wichtigen Mann wie dem Hauptmann der Baltringer zu reiten. Und zu welchem Anlass!

6.

Der Weg nach Laupheim dauerte nicht länger als eine viertel Stunde. Dort hatten die Bündischen schon alles für die Verhandlung vorbereitet.

Als der Hauptmann Ulrich Schmid mit seinen Leuten eintraf, fand er neben dem Kanzler von Eck, der ja der führende Kopf im Schwäbischen Bund war, den Bürgermeister von Ulm, Ulrich Neidthardt, vor, sowie sieben weitere Bundesräte.

Zwei Geistliche waren dabei und ein Schreiber, der etwas im Hintergrund saß und die Verhandlung protokollieren sollte.

Mit entschlossenem Schritt betrat der Schmied das Rathaus. Ihm folgte sein Getreuer Hans Wanner, der militärische Berater des Hauptmanns. Während die beiden schon am langen Ratstisch ihren Platz einnahmen, folgten die Sprecher aus Illertissen und Schwendi, der Frankenhofer und sein Sohn Martin, sowie ein Teil der Leibgarde. Die anderen blieben bei den Pferden.

Der Bürgermeister von Ulm eröffnete die Verhandlung. »Es liegen die Klagen der Bauern vor, zu denen die Bundesräte folgenden Vorschlag unterbreiten.«

Damit erteilte er einem der Bundesräte das Wort.

Martin lauschte gespannt. Er hoffte, dass sie den Forderungen nachgeben würden. Aber sie sahen nicht so aus, als wollten sie irgendwelche Zugeständnisse machen. Kühl und hochnäsig saßen sie da, als wäre es eine Zumutung sich mit Leuten wie dem Schmied und den Bauern an seiner Seite abzugeben.

»Die Bundesräte sind zu dem Entschluss gekommen, dass die vorgetragenen Klagen der Bauern nur auf gerichtlichem Wege, durch das kaiserliche Kammergericht, entschieden werden können«, sagte einer der Bundesräte.

»Damit sind wir nicht einverstanden«, antwortete der Schmied und die Bauernvertreter bekundeten lautstark, wie sehr ihnen dieser Vorschlag missfiel.

»Wir hatten das Göttliche Recht gefordert und bestehen weiter darauf«, fuhr der Hauptmann fort.

»Er soll sich klarer ausdrücken«, unterbrach ihn der Kanzler von Eck. »Das Göttliche Recht ist nirgendwo formuliert.«

»Doch, in der Bibel selbst«, warf einer der Bauernvertreter ein.

»Das wäre mir allerdings neu«, sagte der Kanzler sarkastisch.

»Ihr kennt eben die Bibel nicht«, meinte der Bauernvertreter.

»Außerdem haben wir dreihundert Klagen gesammelt, aus denen deutlich hervorgeht, dass die Herrschaften unchristlich mit ihren Untertanen umspringen«, sagte Hans Wanner.

»Jede Klage muss man einzeln untersuchen, ob sie auch der Wahrheit entspricht«, meinte der Kanzler.

»Dazu lassen wir euch keine Zeit mehr«, sagte Hans Wanner.

»Wollt ihr uns drohen?«

»Ja!«

»Mit Bauern verhandelt man eben nicht«, murrte einer der Bundesräte dem anderen zu.

»Mit Leuteschindern sollte man es auch nicht tun, sondern sie davonjagen«, ereiferte sich der Sprecher aus Illertissen.

Martin wollte ihm Recht geben, da hörte er den Kanzler sagen: »Ihr wollt ein Göttliches Recht, ohne es richtig formulieren zu können?«

»Einen Blutsauger muss man nicht formulieren können. Man merkt von selbst, wenn er einem den letzten Tropfen Blut genommen hat«, warf der Vater ein.

Jetzt unterbrach Ulrich Schmid mit ruhiger, fester Stimme den Diskurs: »Fromme und gelehrte Männer sollen das Göttliche Recht formulieren und festsetzen.«

»Und wer soll diese bestimmen?«, fragte der Bürgermeister.

»Ich verlange drei Wochen Zeit«, sagte Ulrich Schmid, »in denen Gott uns, auf unser Gebet in der Kirche, solche Männer zeigen wird, die das Göttliche Recht der Bibel in bestimmte Normen fassen werden.«

Hans Wanner blickte seinen Hauptmann zweifelnd an.

»Wir müssen darüber beraten«, sagte der Kanzler und zog sich mit seinem Gefolge zurück.

Als sie nach wenigen Minuten bereits wiederkamen, stimmten die Bundesräte der Forderung des Schmieds zu. Dem Kanzler schien diese Forderung sogar zu gefallen. Ein Grinsen spielte um seine Lippen, gönnerhaft nickte er zum Gruß, als er aufstand um die Sitzung zu beschließen.

Dann verließ er als Erster die Ratsstube.

Martin hatte ein ungutes Gefühl im Magen. Der Kanzler war ihm unheimlich. Sein Lächeln ist eisig und unmenschlich, dachte er.

Auch dem Vater war nicht wohl. »Die wollen nur Zeit gewinnen«, warnte er. »Die Zeit nützt denen sicherlich mehr als uns.«

Der Schmied aber schlug alle Warnungen in den Wind. »Die wird ihnen nichts nützen«, sagte er. »Schneller als der Bund seine Truppen herziehen kann, wachsen unsere Bauernhaufen an Stärke und Einigkeit. Aber es ist auch unsere Aufgabe, für alle Zeiten das Göttliche Recht in klaren Gesetzen zu formulieren.«

Sie trabten ins Lager zurück, dort wurden sie von den Bauern wie heimkehrende Sieger begrüßt. Als sie das Ergebnis der Verhandlung hörten, feierten sie die Nachricht wie eine gewonnene Schlacht.

Die Landsknechte blieben im Lager, zechten mit etlichen Bauern bis tief in die Nacht. Viele der Bauern aber kehrten noch vor Einbruch der Dunkelheit in ihre Dörfer zurück.

7.

»Seid heute Abend meine Gäste«, bat Ulrich Schmid die beiden aus Frankenhofen und lud sie in sein Haus nach Sulmingen ein.

Der Vater stimmte zu. Zum Heimreiten war es ohnehin zu spät. Es dunkelte schon und bis Frankenhofen waren es gut fünf Stunden.

Martin freute sich, den Abend in solch einer Gesellschaft zu verbringen.

Sulmingen war ja nicht weit vom Lager entfernt.

Sie brachten die Pferde in den Stall, wurden dann in die Stube geführt, wo ihnen bald Wein, Brot und Speck serviert wurden.

Den ganzen Abend lang bis spät in die Nacht hatten der Vater und der Schmied eine angeregte Unterhaltung.

»Auch die Bürger rücken immer näher zu uns«, sagte der Schmied. »In wenigen Tagen schon wird Biberach bäurisch werden und bei den Ulmern dauert's auch nicht mehr lange.«

Immer wieder aber unterbrach der Schmied das Gespräch mit dem Vater und fragte Martin nach seiner Meinung, bat ihn, etwas von sich zu erzählen, was er denn so denke und treibe.

Martin gab sich erst schüchtern, so groß war seine Ehrfurcht und Achtung vor dem Hauptmann; später aber erzählte er ihm sogar vom Schäfle und dass sie in diesem Jahr noch heiraten wollten, worauf der Schmied ihn beglückwünschte.

In solch einem Jahr zu heiraten, habe gewiss eine große Bedeutung, sagte er.

Der Vater redete viel vom Abt, von den Ungerechtigkeiten, die von ihm und vom Gotteshaus ausgingen; aber auch von den Bewegungen in Illertissen, Memmingen und Kempten. Er war ja viel herumgekommen in der letzten Zeit.

»Ich reite morgen nach Memmingen zu Lotzer* und Schappeler, um von ihnen Rat zu holen«, sagte der Schmied. »Ich habe gehört, sie seien die richtigen Männer für unsere Sache. Sie arbeiten bereits an der Formulierung des Göttlichen Rechts.«

Dann bat er die beiden, sie möchten ihn doch begleiten.

Der Vater war gleich Feuer und Flamme. »Ich kenne ja die Memminger«, sagte er. »Von mir aus kann's gleich losgehen.«

Sie tranken noch einen Becher, dann führte sie die Magd in eine Kammer, in der zwei Betten standen.

»Sieht vornehm aus«, bemerkte Martin, während er im Kerzenschein alles betrachtete. Dann setzte er sich aufs Bett und stellte fest: »Es ist erheblich weicher als die unsrigen.«

Der Vater gab ihm Recht. Aber dann sagte er: »Nach einem harten Tag schläft es sich auf jedem Strohsack gut.«

Die Magd war wieder gegangen, hatte die Kerze mitgenommen, sodass die Kammer jetzt stockfinster erschien, obwohl der Mond wie eine kräftige Sichel am wolkenlosen Himmel stand.

Als beide schon lagen, sagte Martin: »Wir werden dem Stoffel Beck sein Pferd zurückbringen müssen.«

»Lass uns das morgen besprechen«, antwortete der Vater.

Dann schliefen sie, bis der Hahnenschrei sie weckte.

Da standen sie gleich auf und gingen in die Stube. Der Vater schaute in den Stall zu den Pferden. Martin blieb in der Stube. Die Magd brachte ihm eine Schüssel warme Milch. Ob er einen Haferbrei möge, fragte sie. Der Meister esse ihn immer am Morgen.

»Ja«, sagte Martin, wich ihrem Blick aus und schaute an ihr vorbei zum Stall hinüber. Der Schmied kam mit dem Vater gerade ins Haus.

Die Magd brachte für alle Haferbrei. Sie lächelte Martin an; er gefiel ihr. Martin wurde verlegen, verkroch sich in den Brei, schaute erst auf, als die Schüssel leer und die Magd aus der Stube war. Draußen begegnete er ihr dann wieder. ob er schon wieder fortreite, fragte sie, und ob er bald wiederkomme.

Martin sagte: »Ich glaube nicht.«

Das Mädchen tat, als betrübe sie diese Nachricht. Sie hätte ihn gern mit in ihre Kammer genommen.

»Vielleicht kommst du ja doch bald wieder«, sagte sie dann und blickte ihn verführerisch an.

Martin wurde rot. Er musste sich eingestehen, dass das Mädchen ihm gefiel. Er lächelte verlegen, aber sagen konnte er nichts.

Die Sonne war aufgegangen. Die Männer waren bereit zum Aufbruch. Martin sagte, dass er das Pferd dem Stoffel Beck zurückbringen müsse.

»Das kann ein anderer machen«, widersprach der Hauptmann. »Wir wollen die Iller entlangreiten, das ist der kürzeste Weg.«

Dann zeigte er Martin, welches Pferd sie für ihn ausgesucht hatten. Es war ein dunkelbrauner Wallach mit einer Blesse.

Martin sattelte ihn, dann stieg er auf. Er spürte gleich, dass er mit dem Pferd gut zurechtkommen würde. Kurze Zeit später zogen sie los. Er winkte der Magd. Jetzt, beim Aufbruch, war er unbefangener.

Sie ritten fast den ganzen Tag, mit nur wenigen Pausen.

Die Landschaft veränderte sich kaum. Erst kurz vor Memmingen glaubte Martin die schneebedeckten Gipfel der Berge zu sehen. Auch war es kälter geworden. Unten im Tal aber lag nirgendwo mehr Schnee.

Das Stadttor konnten sie ohne Schwierigkeiten passieren. Ulrich Schmid fragte den Erstbesten, wo sie den Dr. Schappeier finden könnten. Der wohnt gleich bei der Kirche, war die Antwort.

Dort erfuhren sie von der Magd, dass er im Bauerntanz säße, und sie zeigte ihnen, dass es nur ein paar Schritte bis dort wären.

Der Bauerntanz war ein Gasthaus, nicht weit entfernt von der Kirche. Sie suchten das Gasthaus auf, versorgten die Pferde und gingen in die Wirtsstube.

Dort erkannte der Vater Christoph Schappeler. Der saß in einer dunklen Ecke mit einem anderen Mann bei einem Krug Wein.

Er ging geradewegs zu dem Tisch, blieb vor dem Pfarrer stehen und sagte: »Wir kommen von Baltringen, das ist Ulrich Schmid und das ist mein Sohn Martin.«

»Setzt euch zu uns«, bat Dr. Schappeier und gab dem Vater die Hand. Dann begrüßte er Ulrich Schmid mit einem herzlichen, festen Händedruck. »Das also ist der Kopf des Baltringer Haufens«, sagte er.

»Ja, das ist er«, antwortete der Vater, während der Prediger schon den Sohn begrüßte. Jetzt stand auch der Mann auf, der mit Christoph Schappeier zusammensaß.

»Das ist Sebastian Lotzer, ein Kürschnergeselle, der sich aber bestens in der Bibel auskennt und zu den intelligentesten Leuten der Stadt zählt«, stellte ihn Schappeier vor. »Ihr habt vielleicht schon von ihm gehört.«

Sebastian Lotzer gab allen die Hand.

»Es ist gut, dass ihr gekommen seid«, sagte er.

Ulrich Schmid betrachtete ihn freundlich. Vom ersten Augenblick an schien die beiden eine starke Sympathie und Zuneigung zu verbinden, die im Laufe des langen Abends, als die Männer von ihren Zielen und Vorstellungen, ihren Hoffnungen und Befürchtungen sprachen, noch stärker wurde.

Wie Ulrich Schmid war auch er ein überzeugter Anhänger des Prinzips vom Göttlichen Recht. Er kannte die Anliegen der Memminger Bauern, jetzt erfuhr er vom Vater, was die Roggenburger zu klagen hatten, und lernte durch Ulrich Schmid die viel zahlreicheren, von lokalen Verdrießlichkeiten geprägten Beschwerden der Baltringer kennen.

Kurz vor Mitternacht verließen sie erst das Wirtshaus. Ulrich Schmid sollte bei Sebastian Lotzer unterkommen, Martin und der Vater bei Dr. Schappeier übernachten.

Am nächsten Morgen, während auf den Straßen schon buntes Fasnachtstreiben herrschte, traf man im Pfarrhaus wieder zusammen.

Ulrich Schmid und Sebastian Lotzer hatten die halbe Nacht hindurch damit begonnen, aus all den Unerträglichkeiten einen Katalog von Forderungen aufzustellen.

Erst kurz vor Mittag kamen sie zu Schappelers Haus. Der Vater und Martin waren schon für den Aufbruch gerüstet. Ulrich Schmid wollte noch hier bleiben.

»Ich muss ohnehin am 6. März wieder hier sein, wenn die Vertreter der Bauernbünde hier zusammentreffen«, sagte er, »da lohnt sich ein Heimritt nicht.«

Der Vater bat um baldige Nachricht, die er weitertragen wollte. »Was immer auch hier ausgehandelt wird, du wirst es erfahren«, versprach Ulrich Schmid dem Vater.

Dann verabschiedeten sie sich voneinander.

»Es gibt noch einiges für mich hier zu tun und zu lernen«, sagte der Schmied.

»Gib Acht auf dich, wenn du heimreitest«, bat der Vater, weil er fürchtete, die Schergen der Bündischen könnten ihm auflauern.

»Und das Pferd?«, fragte Martin. »Nimm es als Hochzeitsgeschenk«, sagte der Schmied. »Es hat sich ja schon an dich gewöhnt.« Martin sagte: »Das kann ich nicht annehmen.«

»Überlass das nur mir, mein Junge, und gib auf dich Acht«, antwortete ihm der Baltringer.

Dann ritten sie los, passierten das Stadttor, galoppierten ein gutes Stück und hielten die Pferde erst zurück, als sie zum Uferweg kamen.

März

1.

Es war Frühling geworden. Die Amseln begannen zu singen, die Stare kehrten zurück; die Sonne lockte die ersten Blumen aus der nassen Erde. Bäume und Sträucher begannen zu knospen.

Die Tage werden länger, dachte Martin und schaute der Sonne nach, die als roter Feuerball hinter den Tannen versank. Im Sommer ist alles leichter, dachte er und sehnte sich nach der Leichtigkeit des Sommers. Und nach dem Schäfle. Kaum hatte er sie gesehen in letzter Zeit, geschweige denn, mit ihr Zärtlichkeiten getauscht.

Gab es denn keinen Platz mehr für die Liebe?

Nur warten. Warten, dass etwas geschah. Was auch immer. Aber da war er nicht der Einzige. Ein jeder wartete. Immer auf irgendetwas anderes.

Seit dem Aschermittwoch hatten die Roggenburger Bauern auf die Antwort des Rats der Stadt Ulm gewartet, dem sie ihre Klagen vorgebracht hatten. Sie hofften, der Rat hätte mehr Einfluss auf die Kirche, würde den Abt davon überzeugen können, dass Zins, Pacht und Fron in Misserntezeiten nicht in gleichem Maße gefordert werden dürfe. Die Stadträte wollten es mit den Bauern nicht verderben. Sie trugen Geld in die Stadt, belebten den Handel. Die Stadt war auf die Bauern angewiesen.

Der Rat hatte deshalb mit dem Abt zu verhandeln versucht, doch der zeigte sich trotzig und stur, wollte keinerlei Zugeständnisse machen. Stattdessen verlangte er Waffenhilfe, die der Rat ihm verwehrte.

Wenn er seinen Bauern keine Zugeständnisse machen könne, so können wir weder vermitteln noch helfen, war die Antwort des Ulmer Rats gewesen, worauf der Abt zornig die Stadt verließ.

Im Übrigen war ihm zugetragen worden, dass seine Bauern noch keineswegs geschlossen aufständisch wären. Viele schwankten und noch mehr wollten gar nicht mittun, hieß es.

Da fasste er den Entschluss von Dorf zu Dorf zu reiten und denen, die gehorsam bleiben wollten, zu versprechen, dass sie auch all das bekommen sollten, was ihre Nachbarn im Streit erreichen wollten.

Sein erster Weg führte nach Wallenhausen. Dort waren die Bauern besonders aufgebracht. Magister Johannes, seiner Grobheit wegen gehasst von den Bauern, verwaltete die Pfarrei dort.

Die härteste Nuss knackt man zuerst, dachte der Abt. Schon vor dem ersten Hof fragte ihn einer barsch: »Was wollt Ihr von uns?«

»Mit euch reden«, antwortete der Abt, »und euch ein Versprechen geben.«

Der Mann rief die anderen her, auch die Frauen und Kinder.

»Wer gehorsam ist, der soll künftig alle Freiheiten haben, die die anderen im Kampf erzwingen wollen«, versprach der Abt.

»Und der Magister Johannes, der unsere Pfarrei verwaltet, wird der sich auch daran halten?«, rief höhnisch eine der Leibeigenen. »Oder prügelt er weiter die Frauen, wenn sie ihm nicht nachgeben?«

Jetzt wurden auch die Männer zornig.

»Lügenmaul!«, schimpften sie.

»Schandmaul!«

Und jagten ihn aus der Gemeinde.

Da ritt er nach Unteregg.

»Was wollt Ihr von uns?«, fragte ihn einer.

Aber er kam erst gar nicht zu Wort.

»Schert Euch zum Teufel«, drohten die andern, und jagten ihn fort.

Er versuchte es noch einmal in Meßhofen, doch der Mayr sagte ihm: »Ihr führt Euer Fasnachtspiel reichlich spät auf, wo der Aschermittwoch doch längst gewesen ist.«

Worauf die anderen Bauern ihn auslachten und nach Hause schickten.

Nun kam er nach Frankenhofen.

»Du bist doch ein vernünftiger Mann«, meinte der Abt.

Aber auch der Vater hatte kein Ohr für ihn.

»Denk an dein Weib und an deine Kinder«, fuhr der Abt fort.

Da trat ihm der Frankenhofer entgegen und hob gegen ihn die Faust: »Ihr wagt es, mich an meine Kinder zu erinnern? Einen Sohn musste ich schon weggeben. Der muss sich als Landsknecht verdingen. Eurer christlichen Nächstenliebe wegen.«

»Vater!« Martin stellte sich dazwischen.

Da stieg der Abt rasch auf sein Pferd und ritt ins Kloster zurück. Seine Rückkehr glich am Ende einer Flucht hinter die schützenden Mauern.

»Was ist das für ein Gerede, dass die Bauern nicht geschlossen aufständisch sind«, grollte er. Doch wurde er sogleich von seinen Mönchen angehalten den Konvent einzuberufen, da die Bauern einen Ausschuss von dreißig Mann herschicken wollten.

»Die wollen nicht verhandeln, sondern ein Ultimatum stellen«, brummte der Abt. »Aber bitte, vielleicht gewinnen wir Zeit. Das ist aber auch das Einzige, was wir erreichen können.«

Dann rief er die Mönche zusammen.

Im Sumpffen hatten sich die Bauern versammelt. Unter freiem Himmel, aber im Schutz der dichten Tannen. Dreihundert waren es schon. Sie kamen nun von überall her. Auch aus den weiter entfernt liegenden Dörfern, die noch zum Kloster gehörten.

Der Ebner Jörg schlug dreißig Leute vor, die zum Kloster gehen sollten.

Der Vater sagte: »Wir wollen noch einmal zu verhandeln versuchen.« Der Paulin hatte das auch geraten.

Der Stoffel Beck hatte von Anfang an gezweifelt: »Die geben dir nichts freiwillig.«

Auch der Melcher hatte nichts Gutes prophezeit.

»Ein Versuch ist es allemal wert«, bestimmte der Sausenthaler.

Wenig später zogen sie los. Was zu sagen war, wussten sie.

Was vorzubringen war, hatten sie längst formuliert. Allein einer Antwort bedurfte es noch.

Als sie vor dem Klostertor standen und man ihnen Einlass gewährte, war der Konvent zusammengekommen. Die Bauern konnten ihr Anliegen vorbringen.

Doch die Klosterherren gaben sich zugeknöpft, zeigten sich überheblich. Als sie damit die Wut der Bauern noch reizten, gaben sie vor, nicht selbst entscheiden zu können. Der Bund müsse eine Entscheidung treffen oder der Ulmer Rat.

»Dann werden wir es selbst entscheiden«, murrte der Vater.

Der Sausenthaler stimmte ihm zu und der Bair brüllte in den Raum: »Auf nach Leipheim! Gewartet haben wir lang genug!«

Die Bauern folgten ihm mit Geschrei.

Drohungen und Beschimpfungen ließen sie zurück.

Als sie aus dem Kloster waren, atmeten die Mönche auf.

Die Angst aber blieb bei ihnen. Sie wussten, das war erst der Anfang und nicht das Ende. Das Aufatmen war eine Sache des Augenblicks.

Paulin, der den Ausgang der Verhandlung so nicht erwartet hatte, stellte sich wütend vor den Abt und beschimpfte ihn.

»Ich werde es anzeigen vor dem Rat«, brüllte er, »dass Ihr nicht einwilligen wollt in die friedliche Absicht der Bauern! Weil Euch das Schaben und Schinden der armen Leute Freude bereitet!«

Er erwartete keine Antwort, polterte hinaus und verkroch sich in seiner Zelle. Zornig, wütend, empört.

Denk ruhig nach, was zu tun ist, ohne Groll und Schmerz, dachte er und betete. Aber er wurde nicht ruhiger. Der Zorn überwog und er jagte aus dem Kloster hinaus und rannte bis zum Weiher, wo er am Ufer unter den Weiden seinen Platz hatte, an dem er so oft über etwas nachgedacht hatte.

Aber auch hier fand er heute keine Ruhe, stand auf und ging mit eiligen Schritten auf Frankenhofen zu. Dort traf er noch einen Teil der aufgebrachten Bauern, die vom Kloster her kamen.

»Wenn sie nicht mit uns verhandeln wollen, so sollen sie sich mit dem großen Haufen anlegen«, schrie ihm der Vater entgegen.

»An euch lag es wirklich nicht, ihr habt das Beste versucht«, gab ihm der Mönch Recht.

Dann wandte er sich Martin zu, der abseits der Bauern an der Scheunenwand lehnte.

»Das Schäfle fragt nach dir. Du sollst sie trotz allem nicht vergessen. Das soll ich dir von ihr bestellen.« Paulin lächelte.

»Ich werde nachher zu ihr gehen«, sagte Martin, dabei blickte er Paulin unruhig an.

»Die Sache ist gerecht«, sagte Paulin, der wusste, was in Martin vorging.

»Was ist schon gerecht.« Martin zuckte die Achseln.

»Für das Evangelium einzustehen«, sagte Paulin.

»Auch mit Gewalt?«

Paulin antwortete nicht. Er suchte nach passenden Worten, ohne sie zu finden.

»Hast du nicht einmal gesagt, ein Krieg sei niemals gerecht, weil immer Unschuldige in ihm sterben?«

»Man bekämpft ein Unrecht und begeht selber eines, das ist das Verrückte an der Sache«, grübelte Paulin, sagte aber nach einigen Augenblicken entschlossen: »Doch jetzt muss das schlimmere Unrecht bekämpft werden und für das eigene werden wir Gott um Vergebung bitten.«

»Gehst du ins Kloster zurück?«

»Man wird mich wohl bald hinauswerfen«, lächelte Paulin bitter. »Aber meinem Herrn kann ich an jedem Ort dienen.« Er drückte Martins Arm.

Der machte sich auf, sein Pferd zu satteln. »Wir reiten noch nach Ingstetten«, sagte Martin und ritt bald darauf mit dem Vater los, während die anderen Bauern ihnen zu Fuß folgten.

Von dort schickte der Bair, der die Geschicke mehr und mehr in die Hand nehmen wollte, nun berittene Boten zu den entfernteren Dörfern und der Melcher sollte noch einmal die Bauern aus der Umgebung, die sich noch nicht angeschlossen hatten, zusammentrommeln. Das konnte keiner so gut wie er. An Ort und Stelle zog er seine Flöte hervor und spielte ein paar Töne. Schon kamen sie gelaufen, nicht nur die Kinder. Auch dic Männer, wenn auch zaghafter. Sein Spiel verzauberte alle.

Und als er die Flöte verstummen ließ, hörte auch jeder sein Wort: »Nach Leipheim ziehen wir, uns dem großen Haufen anschließen. Kommt alle mit!«

Martin, der die anderen in alle Richtungen davoneilen sah, weil ein jeder noch irgendetwas zu erledigen wusste, ging zum Schäfle.

Ihr Vater, der Schmied, war jetzt ganz auf der Seite der Aufständischen. Die Drohung, die das Kloster gegen ihn ausgesprochen hatte, verkehrte seine anfängliche Zurückhaltung ins Gegenteil. Wie besessen schlug er jetzt, als er den Ausgang der letzten Verhandlung erfuhr, auf den Amboss ein und schmiedete Langspieße, wie die Landsknechte sie hatten.

»Der Vater macht's immer so«, sagte das Schäfle. »Am Ende übertreibt er.«

Martin nahm das Schäfle in die Arme, drückte sie fest an sich und ließ sie nicht mehr los. »Wenn das vorbei ist«, sagte er, »dann warten wir keinen Tag mehr.«

Dann ritt er los, dem Vater folgend, zurück nach Frankenhofen.

2.

Martin zweifelte nicht mehr. Zu viel hatte er erfahren. Die Reden von Schappeler, Lotzer, von Ulrich Schmid waren in seinem Kopf. Paulin hatte Recht gehabt, von Anfang an. Und der Vater. Die Forderungen der Bauern waren eine gerechte Sache. Allem voran die Aufhebung der Leibeigenschaft. Sie lag an der Spitze aller Beschwerden.

Aber jetzt stand ein Krieg bevor.

Was ist ein Krieg?, fragte er sich.

Sind es die Fahnen im Wind, das Triumphgeschrei und der Klang und der Glanz von Metall in den Augen und Ohren der Kämpfer? Krieg ist vor allem Tod, hatte Paulin gesagt.

Krieg ist Schmerz und Verlust. Er ist immer auch Sünde und Schande. Du tötest und neben dir wird der Freund getötet.

Krieg ist Blut und Gestank.

Krieg sind Trümmer und Brandschatzung. Krieg sind Vergewaltigung und Obszönität.

Ein Krieg ist nie gerechtfertigt.

Aber er ist unausweichlich, hatte der Bair gemeint.

Besser der kurze Schmerz des Krieges, als die ewige Folter der Unterdrückung.

Wie viele Opfer gibt es denn ohne den Krieg?

Sind es nicht mehr, die in den Hungertürmen elendig umkommen wegen Nichtigkeiten?

Oder die Bauernsöhne, die man in Rüstungen steckt, damit sie für den Herrn eine Fehde austragen, die sie nichts angeht. Sind das nicht auch Opfer, die wir bringen, wenn wir gehorsam sind?

Martin dachte, wenn der Krieg als solcher ungerecht ist, wie kann er da einer gerechten Sache dienen?

Der Schmied aus Sulmingen hatte gesagt, der Krieg sei das Opfer, das wir bringen, wenn wir es versäumten einen besseren Weg zu finden.

Aber haben wir, die Untertanen, den besseren Weg versäumt? Lassen uns die Obrigkeiten denn eine andere Wahl, als mit Gewalt zu erreichen, was uns das Evangelium lehrt?

Das Evangelium lehrt uns auch, die Feinde zu lieben.

Die Obrigkeit ist aber nicht unser Feind.

Nicht die Obrigkeiten lehnen wir ab, sondern ihr Handeln.

In Martins Kopf purzelten die Gedanken wie tollende Hunde. Einer riss den anderen um und zog ihn mit. In Abgründe, wie es ihm schien.

Er schaute über die schlafenden Felder. Bald war es Zeit, sie zu wecken. Die Saat zu streuen, um ernten zu können. Und er dachte, ihr Aufbegehren könnte die Saat für ein besseres Leben sein.

3.

Ein Bote kam von Memmingen geritten und brachte neue Nachrichten.

Dort hatten sich am 6. März die gewählten Vertreter aller oberschwäbischen Haufen getroffen und beschlossen, alle Bauernbünde in der Christlichen Vereinigung* zusammenzufassen. Sie erarbeiteten die Bundesordnung, die Ulrich Schmid schon entworfen hatte.

Sebastian Lotzer hatte die Zwölf Artikel*, die die Forderungen der Bauern zusammenfasste, formuliert.

Diese wurden als Grundlage für die weiteren Verhandlungen, zu denen sie am selben Tag Abgesandte nach Ulm schickten, dem Schwäbischen Bund vorgelegt.

Der Bote gab dem Vater ein gedrucktes Exemplar der Zwölf Artikel und bestellte Grüße von Lotzer und dem Schmied. Dann brachte man ihm Wein und zu essen.

Still saß der Vater da und las. Dann rief er Martin und Paulin her, die das Pferd des Boten versorgten.

»Hört zu«, sagte er und begann zu lesen.

»Jede Gemeinde soll ihren Pfarrer selbst erwählen. Und auch die Gewalt haben ihn wieder abzusetzen, wenn er sich ungebührlich verhalten sollte. Der erwählte Pfarrer soll uns das Evangelium lauter und klar predigen, ohne allen menschlichen Zusatz. So lautet der erste Artikel«, sagte der Vater und las den zweiten, der den Unterhalt des Pfarrers und die Versorgung der Armen regeln sollte. Der Kleinzehnt sollte aufgehoben, der Großzehnt von gewählten Kirchenpröpsten verwaltet werden, aber nicht mehr in großem Maße in die Hände des Adels, der hohen Geistlichkeit und der Städte übergehen, sondern zu Gunsten der Gemeinde eingezogen werden.

Der dritte forderte die Aufhebung der Leibeigenschaft.

»Da Christus uns alle mit seinem Blut erlöst hat, kann nicht ein Mensch das Eigentum eines anderen sein.« Doch bedeute dies nicht, dass die Bauern keiner Obrigkeit mehr unterworfen sein wollten.

Der vierte Artikel forderte das Recht zu jagen und den freien Fischfang, vor allem des erheblichen Wildschadens wegen.

Der fünfte, dass jeder seinen Bedarf an Brenn- und Bauholz aus den Gemeindewaldungen decken könne.

»Ein jeder Tagwerker ist seines Lohnes würdig«, las der Vater.

Im sechsten Artikel wurde gefordert, dass die Fronen auf ein erträgliches Maß herabgesetzt werden.

Der siebte und achte Artikel sollte die Abgaben der Bauern regeln, die keinen Grundbesitz hatten.

Der neunte Artikel forderte ein neues Gerichtswesen. Da bei der Bemessung der Strafen Willkür herrsche, wurde nach einer Bußfestsetzung nach den älteren Gerichtsordnungen verlangt.

Der zehnte legte fest, dass die Gemeindewiesen und Äkker auch wieder von der Gemeinde benutzt werden dürften.

»Wir wollen nimmer leiden, dass man Witwen und Waisen, das Ihre wider Gott und Ehre schändlich wegnimmt, wie es an vielen Orten gerade von jenen geschehen ist, die sie hätten beschützen und beschirmen sollen, anstatt sie zu schinden und zu schaben.«

Der Vater hatte den elften Artikel gelesen, der die Bauern von der Abgabenlast des Todfalls befreien sollte.

Er las dann den letzten, bei dem sich die Bauern verpflichteten, von jeder Forderung abzulassen, deren Berechtigung nicht ausdrücklich und unwiderlegbar aus der Bibel nachzuweisen wäre.

Dann reichte er Paulin die Schrift.

Der Bote nahm nun die Nachricht vom Vater mit, dass sich die Bauern, die zum Kloster Roggenburg gehörten, dem Leipheimer Haufen* anschließen würden, da sie beim Konvent kein Gehör gefunden hatten.

Damit ritt er davon, während Paulin erregt die Schrift aus Memmingen las. Am Rande der Artikel waren die Bibelstellen vermerkt, mit denen sie begründet wurden. Er suchte die Stellen und erläuterte sie in der Runde der aufmerksamen Hörer.

4.

Dann reichte er Martin die Schrift. Der las sie noch einmal. Sein Herz brannte dabei, seine Gedanken glühten. All die Klagen, die er hundertfach und allerorts gehört hatte, fasste dieser Druck nun zusammen. Er reichte ihn weiter in die Runde.

Auch die, die nicht lesen konnten, fassten die Schrift an, als wäre sie etwas Geheiligtes. Der Vater nahm sie nach einiger Zeit an sich, rollte sie zusammen und sagte. »Ich werde sie nach Leipheim bringen.«

»Zum Pfarrer Wehe?«, fragte Martin.

»Zu wem sonst«, bemerkte Paulin.

Der Name Wehe, der vom Augsburger Bischof mit dem Bann belegt worden war, weil er sich schon früh zur Reformation* bekannt hatte, war in aller Munde. Seine Predigten zogen scharenweise Menschen an und spukten in allen Köpfen. Er war entschlossen für eine Reform des Staatswesen eingetreten und für eine Reformation der Kirche. Der Bair hatte schon im Januar von ihm erzählt.

Mit zweihundertfünfzig Leipheimer Bürgern hatte er sich mit den Bauern der Gegend, die aus siebzehn Ortschaften und vielen hundert verstreuten Hütten und Gehöften kamen, verbündet. Sie machten ihn zu ihrem Hauptmann und nannten sich der Leipheimer Haufen.

»Leipheim ist bäurisch«, hatte Paulin behauptet. Im Konvent hätte man darüber geredet.

»Was heißt das?«, wollte Martin wissen.

»Sie haben ihre Herrschaft verjagt!«, lachte der Vater.

»Der Rat der Stadt Leipheim wollte die Bauern nicht mehr in die Stadt ein- und ausgehen lassen, um des Kaisers Gunst nicht zu verscherzen. So bemächtigten sich die Bauern kurzerhand der Stadt«, erzählte Paulin.

»Seit wann?«, fragte der Vater aufgeregt.

»Seit letzter Woche.«

»Weiß solche Dinge und redet nicht davon«, rügte der Vater.

»Ich weiß es ja auch erst seit heute Morgen«, entschuldigte sich Paulin.

»Und morgen ziehen wir hin?«, fragte Martin.

»Ja«, sagte der Vater knapp.

5.

Sie zogen zu Fuß nach Leipheim. Das waren drei Wegstunden. Die Wut gegen den Abt und das Kloster steckte in ihnen und trieb sie voran.

Mit Spießen, Sensen, Mistgabeln oder auch nur mit Stekken bewaffnet, eilten sie über die Dörfer. Überall stießen neue Bauern dazu. Bald war eine Streitmacht zusammen, die wild entschlossen war, mit Gewalt ihr Ziel zu erreichen.

Der Einzelne wurde mitgerissen von der Masse.

Martin trug einen Spieß. Er fühlte sich stark damit. Ebenbürtig den andern. Lange Zeit war er neben dem Melcher gegangen, der großspurige Faxen machte, sich aufspielte als Kämpfer, der es mit jedem Landsknecht aufnehmen würde. Dann war er zum Bair geeilt, an die Spitze der Rotte, er wollte mit ihm über den Pfarrer Wehe sprechen. Aber der

Bair gefiel sich in der Rolle des Anführers und hatte keine Lust zum Gespräch. So ließ Martin sich wieder zurückfallen, zog einfach mit in der Masse, hatte außer der Neugierde, was sie in Leipheim erwarten würden, keine Gedanken.

Dort angelangt, sahen sie vor den Stadttoren bäurische Landsknechte patrouillieren. Gleich brach Jubel aus. Schnell verbrüderte man sich. Der Haufen, der vor der Stadt lagerte, war zweitausend Mann stark. Nun wuchs er noch an.

Der Vater fragte einen der Landsknechte nach dem Pfarrer Wehe.

»Ich bringe euch zu ihm«, sagte der.

Martin, der Bair, der Sausenthaler und der Melcher schlossen sich ihm an. Sie wurden in die Stadt zu Wehes Haus geführt.

Wehe war ein mittelgroßer, kräftiger Mann. Sein Haar war leicht gelockt und reichte bis in den Nacken. Im Rock des Predigers kam er zur Tür. Öffnete selbst. Er empfing sie freundlich und bat sie in die Stube. Er hörte aufmerksam zu, was der Bair ihm berichtete. Von der Sturheit des Abts und dem Aufbegehren der Bauern.

»Wir schließen uns eurem Haufen an«, sagte der Vater.

Der Pfarrer dankte, bot ihnen zu trinken und führte sie in die Ratsstube, wo zwei der Räte im Gespräch miteinander waren.

Sie stellten einander vor. Der eine von ihnen hieß Krug, der andere Ulrich Schön.

Bald waren alle miteinander ins Gespräch vertieft.

»Die Stadt ist jetzt bäurisch«, sagte Wehe.

»Ich habe davon gehört«, sagte der Vater.

»Letzte Woche haben wir sie besetzt. Damit sind wir dem Rat der Stadt Ulm zuvorgekommen, der Leipheim mit Kriegsvolk besetzen wollte.«

»Welches Interesse hat denn Ulm an Leipheim?«, fragte der Bair.

»Sie haben Geld in der Stadt stecken«, grinste der Prediger. »Außerdem haben wir ihnen den Gültzehnt* versagt.«

»Unseren Hauptmann wollten sie«, unterbrach ihn Ulrich Schön, »seiner wollten sie habhaft werden, er ist ihnen doch seit langem ein Dorn im Auge.«

Wehe lachte. »So leicht mach ich es ihnen nicht.« Dann zog er ein Schreiben hervor, es war ein Brief an den Rat der Stadt Weißenhorn.

»Ich ersuche die Herren dringlichst, sich der Christlichen Vereinigung anzuschließen«, sagte er, und klopfte auf den Brief, bevor er ihn an seine Räte weiterreichte.

Krug las ihn vor. Die anderen hörten gespannt zu und schauten nachdenklich drein, als er zu Ende gelesen war.

»Die Städte rings um Ulm müssen bäurisch werden«, meinte Wehe.

»Freiwillig tun die das nicht«, widersprach der Sausenthaler.

Der Bair stimmte ihm zu: »Ihr kennt die Weißenhorner nicht«, sagte er, »die sind sich zu fein für unsereins.«

»Außerdem sind sie Untertanen der Fugger'schen Herrschaft, die wohl nicht die schlechteste ist«, bemerkte der Melcher.

»Aber es gibt auch dort genügend. unzufriedene Leute«, entgegnete Wehe. »Einen Versuch ist es wert.«

»Der Bote soll endlich losziehen und den Brief überbringen«, meinte Ulrich Schön. »Wir vergeuden sonst unnötig Zeit.«

Dem stimmten nun alle zu, ehe sie zum Stadttor aufbrachen, wo Wehe die anderen Hauptleute und Räte um sich versammelte, um mit ihnen die Feldordnung für den Ernstfall zu besprechen.

Zum Bair sagte er: »Du bist ein rechter Hauptmann. Verschaff dir Gehör bei deinen Leuten. Die Roggenburger sollen dir folgen.«

Martin ging neben Ulrich Schön. Der sagte: »Wir müssen mit allem rechnen. Es heißt, in Ulm sammeln sich Truppen gegen uns.«

Martin nickte, als wollte er sagen, ich habe verstanden.

Dann trennte er sich wortlos von dem Hauptmann, durchstreifte allein das Lager und schaute den Landsknechten bei ihren Übungen mit den Bauern zu.

Wie geschickt sie mit den Spießen hantierten, wie schnell sie mit dem langen Messer waren. An anderer Stelle wurde mit den Hakenbüchsen und Falkonetten* geübt.

»Genug Pulver ist da«, hörte er einen sagen, der gerade seine Hakenbüchse lud. »Ehrlich erstanden von Augsburger Kaufleuten.«

Der Melcher legte sich im Scherz mit einem Landsknecht an, zog aber schnell den Kürzeren und wurde kleinlaut. Dann zog er seine Flöte hervor und begann darauf zu spielen. Alle um ihn herum fingen zu lachen an und der Landsknecht hob den Geschlagenen wieder in die Höhe und zeigte ihm, was er falsch gemacht hatte.

»Auf deine Flöte wird der Feind nicht hören«, sagte er.

»Sie werden schon noch nach meiner Pfeife tanzen«, lachte der Melcher.

Martin sah zu und dachte an seinen Bruder, den Anderlin. Wo der wohl war, in wessen Diensten er stand? Seit er weg war, hatte man nichts mehr von ihm gehört. Was, wenn man ihn zwang gegen die Bauern zu ziehen?

Martin schob den Gedanken beiseite. Der Anderlin würde schnell zu uns überwechseln, sagte er sich.

Jetzt traf er auf die anderen, die mit ihm hergewandert waren. Sie saßen oder lagen dicht an einem Feuer, über dem ein Kessel mit Fleischsuppe hing.

»An dieses Leben könnte ich mich gewöhnen«, rief ihm einer zu. Dabei streckte er sich nach allen Seiten, grunzte und leckte sich genüsslich die fettigen Finger.

Martin lachte über ihn. Ein anderer fasste ihm nun ins Haar und schüttelte seinen Kopf. Dann lachte auch er.

»Iss auch eine Schöpfkelle und tunk genug Brot rein«, schlug er ihm vor.

Martin griff zu, stopfte sich das feuchte Brot in den Mund und bedankte sich.

»Weißt du denn umzugehen mit deinem Spieß?«, fragte ihn ein Landsknecht.

»Ich denke schon.«

»Dann zeig es mir«, höhnte der und zog sein Schwert.

Noch bevor Martin seinen Spieß gegen ihn richten konnte, entwaffnete ihn der Landsknecht mit dem Schwert.

»Du musst schneller sein«, lachte der Landsknecht.

Wenig später kamen der Bair und der Sausenthaler, die Jakob Wehe in ihre Mitte genommen hatten, daher. Ihnen voran ging ein Fähnrich, der mit ihnen den Umgang mit den Falkonetten geprobt hatte.

Bei den Bauern aus dem Klostergebiet, die sich noch fremd im Haufen fühlten und die deshalb meistens beieinander hockten, blieben sie stehen.

Jakob Wehe richtete das Wort an sie: »Geht jetzt nach Hause und ordnet dort eure Dinge«, sagte er, »dann kommt wieder. Wer aber alles geregelt oder kein Zuhause mehr hat und seinem Herrn nicht mehr dienen will, der bleibe gleich hier.«

Der Bair blieb im Lager, versammelte um sich alle, die mit ihm blieben. Die anderen wollten noch eine Zeit lang ruhen, später machten sie sich zum Aufbruch bereit.

Ein Stück weit begleitete sie der Bair, stolzierte voran wie ein Feldherr. Er, der Ebner Jörg, ein Leibeigener, den Wilhelm von Rechberg an das Gotteshaus gegeben hatte, war jetzt einer, der die Sache mit in die Hand nahm. Er schaute den ziehenden Bauern nach und rief: »Bis bald, Brüder!«

Martin ging wieder neben dem Melcher, der müde geworden und jetzt ruhig war. Seine Schritte waren schleppend und man sah ihm an, dass er das Heimatdorf herbeisehnte.

Vor ihm ging der Sausenthaler, der die Bauern aus Wiesenbach aufgewiegelt hatte mit seinen hitzigen Reden, und die ihm nun gefolgt waren nach Leipheim.

Eine Stunde nach Sonnenuntergang waren sie wieder daheim. Ein jeder ging dorthin, wo er hingehörte, wo die Frauen und Kinder warteten.

Martin blieb noch beim Schäfle. Erzählte ihr, was er in Leipheim erlebt hatte und was der Pfarrer Wehe für einer war.

Ihr Vater, der Schmied, kam dazu. Er war zu Hause geblieben, um Waffen zu schmieden. Dem musste Martin noch einmal alles von vorne berichten.

Dann ließ er die jungen Leute allein.

6.

Im hellen Mondlicht lag Frankenhofen.

Trotz der späten Stunde war die Mutter noch nicht zu Bett gegangen. Sie saß in der dunklen Stube, war eingenickt und, als der Sohn heimkam, aus dem Schlaf hochgeschreckt.

Als sie Martin erkannte, war sie beruhigt.

»Du bist's«, sagte sie, strich ihm über die Wange und ging dann in ihre Kammer.

Martin zündete eine Kerze an, ein paar Augenblicke Kerzenlicht wollte er sich gönnen. Er holte den Weinkrug her und nahm einen Schluck. Die Beine taten ihm weh. Er war müde und erschöpft.

Doch nach Schlafen war ihm noch nicht. Erst als der Wein ihm zu Kopf stieg, löschte er die Kerze wieder und wankte in seine Kammer.

Der Vater traf erst am Morgen des nächsten Tages ein. Er kam von Illertissen.

»Die Bündischen ziehen von allen Seiten her ihre Truppen heran«, sagte er. »Den Truchsess haben sie zu ihrem obersten Hauptmann gemacht.«

»Wer ist dieser Truchsess?«, fragte Martin.

»Einer von Waldburg, genannt der Bauernjörg«, antwortete der Vater.

»Wie kommt er denn zu diesem Namen?«

»Er ist vor zehn Jahren schon gegen die damals aufständischen Bauern des Armen Konrad gezogen und hat sie niedergemetzelt.«

»Und jetzt?«

»Jetzt steht er mit über siebentausend Landsknechten den Baltringern gegenüber.«

»Woher weißt du das?«, fragte Martin.

»Ich habe sie selbst gesehen«, antwortete der Vater.

»Erzähl!«

»Ich wollte ins Ulmer Ried, wo der Baltringer Haufen versammelt ist, da habe ich sie erspäht. Wär ihnen fast in die Hände gefallen.«

»Und weiter?«

»Ich musste einen großen Bogen reiten, um heil ins Bauernlager zu kommen. Als ich endlich dort war, habe ich erlebt, dass der Haufen nicht mehr einig ist. Selbst ihren Hauptmann zweifeln sie jetzt an. Sie wollen nicht mehr warten, glauben nicht mehr den Vertröstungen und wollen losschlagen.«

»Warum vertrauen sie Ulrich Schmid nicht mehr?«

»Die Sache dauert ihnen zu lang«, sagte der Vater.

Auch von den Allgäuern wusste der Vater Neuigkeiten, die Martin zutiefst beunruhigten.

»Die Bauern zerstreiten sich, die Radikalen bekommen immer mehr Zuspruch. Kleine Haufen haben sich bereits abgesondert und Pfarrhäuser, Klöster und Schlösser überfallen, geplündert und Brand gelegt.«

Dann schwieg er eine Weile.

Schließlich sagte er verbittert: »Und doch sind es die Herren, die Schuld tragen. Die Vertreter des Schwäbischen Bundes, der Kanzler Leonhard von Eck. Sie meinen es nicht ernst mit dem Verhandeln. Sie wollen die Bauern nur hinhalten und so Zeit gewinnen.«

Der Vater hat Recht. Ein jeder weiß es. Aber niemand will es wahrhaben, dachte Martin, und hörte dem Vater weiter zu.

»Die Memminger haben weiter zu verhandeln versucht, Abgesandte nach Ulm geschickt. Dort sagte man ihnen.: Die Haufen sollen sich auflösen und die Waffen abliefern. Ein Jeder soll nach Hause gehen und friedlich die Entscheidung des Schiedsgerichts abwarten. Und die Abgesandten erklärten sich bereit, den Bauernräten die Forderung vorzutragen, waren nicht empört und entrüstet. Zu Hause aber wurde die Nachricht von den Bauernräten mit Wut und Hohngelächter aufgenommen und viele wollten ihre Sache auf eigene Faust erledigen.«

»Ich kann die Bauern verstehen«, sagte Martin.

»Denkst du, ich nicht? Auf was denn noch warten? Bis das Bundesheer so vielzählig ist, dass sie die Bauern schlagen? Und wo ist ihre Einigkeit? Jetzt weiß man, was man damals nur befürchtete: Die Rechnung des Kanzlers geht auf. Niemals hat er an ein Verhandeln gedacht. Überlisten wollte er die Bauern, nichts anderes.«

Martin erinnerte sich, was ihm Ulrich Schmid erzählte hatte, als sie in Sulmingen über den Kanzler Eck sprachen, der von den Bauern sagte: Dieser Teufel ist nicht zu bannen ohne den Henker.

Und was waren wir anderes als gutgläubige Bauerntölpel!

Nun ziehen eigenmächtig abgesplitterte Bauerngruppen umher und plündern und zerstören Klöster und Schlösser.

Und die Landsknechte des Bundesheeres ziehen plündernd über die Dörfer, vergewaltigen die Frauen und stecken die Höfe in Brand.

Nun ist der Krieg nicht mehr aufzuhalten.

Die Bauern müssen noch einmal einig werden.

Gemeinsam losschlagen.

Sonst ist alles verloren.

7.

In den letzten Märztagen zogen sie wieder nach Leipheim.

Paulin kam dazu, völlig rot im Gesicht.

Er war ihnen nachgelaufen. Und jetzt, nachdem er sie erreicht hatte, sprudelte es nur so aus ihm heraus: »Der Abt und fast alle Mönche sind nach Weißenhorn geflohen und nur wenige Brüder sind im Kloster«, keuchte er. Er wisse genau, dass die Weißenhorner ein Hilfegesuch nach Ulm gerichtet hätten.

Der Mönch schloss sich den Bauern an, zog mit ihnen. Ging neben Martin und dem Vater, die zu Pferde den Haufen anführten.

Den ganzen Weg lang, der ihnen heute kürzer schien, stritten sie um Nebensächliches. Erst vor Leipheim zeigten sie sich wieder einig.

Der Haufen, der vor der Stadt lagerte, war erneut gewachsen. Wehe war bei ihnen und predigte.

»Jeder hat Angst vor dem Neuen. Selbst das Neugeborene fürchtet sich vor dem Leben«, sprach er. »Die Menschen sind Gewohnheitstiere. Plötzliche Veränderungen versetzen sie in Panik.«

Martin und der Vater stiegen von ihren Pferden und versuchten näher an den Prediger heranzukommen.

»Was könnt ihr schon verlieren? Euer Leben, das euch nicht gehört. Euerm Herrn gehört's und der macht damit, was ihm gefällt. Ihr könnt euer Leben aber zurückgewinnen, es euch zurückholen von der Herrschaft. Gott will, dass wir frei und nicht in Knechtschaft leben. Und er will, dass wir nach seinem Gesetz leben, und da steht nirgendwo, dass ein Mensch des anderen Eigentum sein darf.«

Paulin schob sich an Martin vorbei und drängelte weiter nach vorne in die Nähe des Predigers, der nun seine Stimme erhob und über die Köpfe der Hörer rief: »Verjagt eure Zweifel und Ängste. Jagt sie davon, als wären es Dämonen. Treibt sie euch selbst aus, dann werdet ihr frei wie die Vögel unter der Sonne sein, die Gottes Geschöpfe sind.«

Damit schloss er seine Predigt. Die Bauern umjubelten ihn, ließen ihn hochleben. Wehe stieg vom Wagen herab, von dem aus er gepredigt hatte und kehrte dann mit seinen Hauptleuten in die Stadt zurück.

Martin führte die beiden Pferde auf die Weide. Danach suchte er mit dem Vater den Pfarrer auf. Paulin schloss sich ihnen an. Im Pfarrhaus fanden sie Jakob Wehe mit seinen Hauptleuten.

»Ich habe euch erwartet«, sagte Wehe zum Vater. »Was bringt ihr für Neuigkeiten?«

Der Vater erzählte, wie die Sache überall stand.

Paulin sagte: »Unsere Mönche sind nach Weißenhorn geflohen.«

Wehe runzelte die Stirn: »Unser Bote kam gestern von Weißenhorn zurück. Sie haben ihn ohne Antwort nach Hause geschickt.«

»So liegen die Dinge wenigstens klar«, meinte der Bair.

»Werdet ihr losschlagen?«, fragte Martin.

Wehe nickte. »Am 1. April, am Samstag vor Judika, wie die anderen Haufen auch«, sagte er.

Wenig später kam der Hauptmann des Langenauer Haufens dazu. Finsternauer nannten sie ihn. Sie beratschlagten nun gemeinsam, wie sie gegen Weißenhorn vorgehen würden.

»Der große Haufen soll über Pfaffenhofen ziehen, ein anderer Teil das Bibertal hinauf«, schlug Wehe vor.

Der Vater musste die Illertisser und Jettinger verständigen. Sie sollten von der Iller her kommen und vor Weißenhorn auf die anderen Haufen treffen.

Jörg Ebner und der Vater wurden ausgewählt, die Verhandlung mit den Weißenhornern zu führen. Sie sollten noch einmal mit dem Bürgermeister reden, ihn umstimmen. Und wenn sie nicht einig würden, so sollten sie losschlagen.

»Ich werde dabei sein«, versprach der Pfarrer. »Vor Weißenhorn werden wir uns treffen.«

»Ich werde mit meinen Leuten zuvor das Kloster Oberelchingen einnehmen«, sagte Finsternauer, »mit denen habe ich noch eine Rechnung offen.« Er war ein Leibeigener dort, den sie gedemütigt hatten und der nun Rache nehmen wollte.

»Das liegt mir näher«, meinte er. »Aber dann werden wir mit euch gegen Weißenhorn ziehen.«

Sie beschworen ihre Einigkeit und gingen auseinander.

8.

In Frankenhafen saßen sie dann zusammen. Der Sausenthaler, der als Hauptmann das Wort führen wollte, aber mit dem Vater nicht einig wurde, weil der auf die Einigkeit aller Haufen pochte. Gleich morgen wollte der Vater nach Jettingen und Illertissen reiten, ihnen Wehes Strategie überbringen.

»Ein jeder soll losschlagen, wie es ihm beliebt, solange es der Sache dient«, meinte der Sausenthaler.

Der Melcher riss Witze.

Paulin saß da und sagte nichts. Er grübelte vor sich hin und ging irgendwann, ohne dass es jemand bemerkt hätte.

Nur Martin, der die Pferde versorgt hatte, traf ihn an der Tür und begleitete ihn einige Schritte.

»Vielleicht gibt es im letzten Moment doch noch eine friedliche Einigung«, sagte Martin.

»Wohl kaum«, sagte Paulin knapp.

»Warum nicht?«

»Hätten die Obrigkeiten je an ein Einlenken gedacht, so wäre es längst geschehen«, sagte Paulin.

»Du meinst, es gibt Krieg?«

»Ein Blutvergießen wird sich nicht mehr verhindern lassen«, antwortete Paulin.

»Gott sagt, du sollst nicht töten, sondern deine Feinde lieben.«

»Ich weiß, was in der Bibel steht«, schrie ihn Paulin wütend an. »Ich kenne das Evangelium auswendig. Aber es wird bald keine Gelegenheit mehr geben, auch die rechte Wange hinzuhalten.«

Dann eilte er mit hastigen Schritten davon.

Martin wollte ihm nach, aber dann blieb er stehen. Er musste mit seinen Gedanken selbst ins Reine kommen. Paulin konnte ihm nicht mehr helfen.

Warum zweifle ich mit einem Male wieder, fragte er sich. Ist es am Ende doch nur die Angst, und das Evangelium dient mir als Ausrede? Die Feinde nur aus Angst zu lieben, davon stand gewiss nichts in der Bibel.

Er ging zum Stall zurück, sattelte sein Pferd noch einmal und ritt durch die Nacht nach Ingstetten hinüber; klopfte beim Schäfle, die gleich öffnete und ihn in die Stube führte.

»Der Vater schläft schon«, sagte sie, »und die Großmutter auch.«

»Lass mich zu dir«, sagte Martin.

Sie nahm ihn mit in ihre Kammer. Dort liebten sie sich.

Später sagte er ihr: »Vor Judika wollen wir gegen Weißenhorn ziehen.«

Sie umarmte ihn, klammerte sich fest an seinen Schultern und weinte. Und ihn loslassend schluchzte sie verzweifelt: »Ich habe Angst, ich habe so furchtbare Angst.«

Martin drückte sie noch einmal und wischte ihr die Tränen aus dem Gesicht. Dann ging er.

An der Tür drehte er sich noch einmal zu ihr um und sagte: »Es wäre gut, du kämst mit nach Frankenhofen.«

»Es geht nicht«, antwortete das Schäfle und hielt ihn noch einmal fest. »Behüt dich Gott«, flüsterte sie.

Martin stieg auf sein Pferd und jagte davon.

Schnell war er wieder zu Hause, obwohl er einen Umweg geritten war. Dort saßen die Männer noch immer und redeten aufeinander ein. Sie brauchten sich jetzt keinen Mut machen mit Wein. Sie waren viel trunkener von ihren Reden.

Den Frauen wurde es Angst, aber sie sagten nichts. Sie brachten Wein und Brot und gingen dann wieder.

April

1.

Martin schreckte aus dem Schlaf. Der Wind hatte ein paar Holzscheite losgelöst, die krachend an die Stalltür polterten.

Ein mattes Licht fiel in die Kammer; es graute schon.

Martin stand auf und eilte zum Fenster, schaute zum nahen Wald, wo der Wind noch heftiger war und die Baumkronen wild hin und her riss. Es schien, als trockne der Wind die letzte Winternässe.

Es war Samstag vor Judika, der 1. April.

Martin saß auf der Bettstatt, grübelte. Doch war seine Unruhe mit einem Male so groß, dass er das Gefühl hatte, dieser erste Aprilsturm rüttle an ihm und ließe keinen Gedanken an ihm hängen. Alles wirbelte wild durcheinander: sein Tatendrang und seine Angst, das Aufbegehren und das Gehorsam-sein-wollen.

Die Felder waren nicht bestellt. Kein Holz war geschlagen und die Wintervorräte gingen zu Ende. Die Arbeit, die sonst den Tag bestimmte, war Nebensache geworden, das Aufbegehren und der Ungehorsam dagegen zu einer übermächtigen Sache.

Der Vater saß an der Kochstelle und löffelte eine dünne Suppe. Martin setzte sich zu ihm und aß mit, trank dann mit hastigen Schlucken die Milch aus der Kanne, die daneben stand.

»Das Vieh ist schon versorgt«, sagte der Vater, »die Pferde stehen bereit.«

Dann stand er auf, zog sich die Kapuze ins Gesicht, steckte sich ein Stück Brot in die Tasche und ging zum Stall. Martin folgte ihm. Die Pferde waren gesattelt. Nur die Trensen mussten noch angelegt und der Bauchgurt fester gezurrt werden. Dann führten sie die Pferde vor den Hof und schlichen davon, wie Diebe in der Nacht, ohne sich von den Frauen zu verabschieden.

Sie nahmen den Weg durch den Wald. Bei Ingstetten waren die Bauern schon versammelt; sie warteten aber noch auf die Bauern aus Wiesenbach und auf die, deren Höfe noch weiter entfernt lagen. Als sie eintrafen, setzte sich der Zug, viele hundert Mann stark, in Bewegung. Ihr Ziel war Leipheim, dort lagerte der große Haufen, zu dem man stoßen wollte.

Der Vater und der Sausenthaler ritten vorneweg. Hinter den beiden kam Martin und der Melcher ritt daneben, auf einem störrischen Maultier, mit dem er nicht zurechtkam, sodass er es im nächsten Dorf unterstellte und sich unters Fußvolk reihte. Dort fühlte er sich wieder wohler und machte seine Späße.

»So ein Maultier ist gefährlicher als ein Landsknecht mit drei Spießen«, flachste er.

Fünf Wagen führten sie mit. Die ersten beiden waren für die Hakenbüchsen und Falkonette bestimmt, im nächsten lagerte der Proviant. Zwei waren leer; sie sollten zum Fortschaffen der Beute dienen, die man machen wollte, in den Pfarrhäusern und Schlössern, die am Wege lagen.

Lauthals waren sie nun übermütig, als wäre das, was ihnen bevorstand, ein Vergnügen.

Oder dachte noch niemand an Krieg?

»Wer kann uns schon aufhalten, sich uns widersetzen, ohne dafür bezahlen zu müssen«, tönte der Sausenthaler, so überzeugt von der eigenen Stärke.

Andere hofften auf Beute, die man ohne Gegenwehr machen konnte. Und einige gab es, für die schien das Schlagen und Brennen eine Lust zu sein, sofern man ihren Reden glaubte.

Die meisten hofften aber noch immer, alles werde friedlich enden, die Herren würden einlenken beim Anblick der bäurischen Übermacht.

Wenn Martin sich umdrehte und auf die gerade gestellten Sensen der Bauern schaute, die, hinter ihm hochgehalten, in der Morgensonne blinkten, fragte er sich, ob jemals das Blut von Menschen daran kleben würde.

Dann aber vertrieb er alle lästigen Gedanken und scherzte mit den andern.

Drei Stunden später waren sie in Leipheim, wo sie mehr Bauern in Waffen vorfanden, als die meisten jemals zuvor gesehen hatten.

Der Vater hatte Mühe, bis zum Hauptquartier vorzudringen, dort hatte Wehe seine Hauptleute um sich versammelt und gab nun, da sie vollzählig waren, noch einmal die Marschroute bekannt.

Ein kleiner Haufen sollte das Bibertal heraufziehen, der große Haufen über Pfaffenhofen. Vor Weißenhorn wollte man wieder zusammentreffen. Schloss Bühl aber wollten sie noch gemeinsam erobern.

Jakob Wehe ließ die Glocken läuten, dann setzte sich der mächtige Zug in Bewegung. Sie hatten mehr als fünfzig Wagen dabei und das Fußvolk ging zwölf Mann nebeneinander.

Der Zug war so lang, dass er oft von einem Dorf zum anderen reichte. An der Spitze des Zuges ritt Jakob Wehe mit seinen Hauptleuten. Dahinter, in den ersten Reihen des Fußvolkes, marschierten die Landsknechte, die für die Sache der Bauern kämpfen wollten.

Die Vordersten trugen ihre Hakenbüchsen geschultert, dahinter blitzten die Spieße und Hellebarden der Landsknechte ohne Büchsen. Ihnen folgten die gut gerüsteten Bauern, die sich bereits aufs Kämpfen verstanden. In der Mitte wurden die Wagen mit Waffen und Proviant geführt, flankiert von Reitern, deren Aufgabe es war, dieselben zu schützen. Am Ende folgten die Bauern, die mit Sensen, Heu- und Mistgabeln, mit Dreschflegeln und Äxten nur dürftig ausgerüstet waren.

Als Vorhut, knapp eine halbe Meile voraus, ritten Martin und der Vater, der Stoffel Beck und drei weitere Bauern, die ihrer schnellen Pferde wegen für diese Aufgabe vom Pfarrer Wehe ausgesucht worden waren.

Schon ritten sie im gestreckten Galopp zum Haufen zurück und meldeten, dass das Bühler Schloss, das vor ihnen lag, wohl ohne große Gegenwehr einzunehmen wäre. Jakob Wehe ließ zum Angriff blasen.

Die Reiter postierten sich seitlich des Zuges und schützten, im Falle eines überraschenden Angriffs, so die Flanken. Die Schützen mit ihren Hakenbüchsen gingen in Stellung. Eine Reihe kniend, eine Reihe stehend, warteten sie mit brennender Lunte auf den Schießbefehl.

Während Martin und der Vater zur Mitte des Zuges ritten, begann vorne eine wilde Schießerei. Die Pferde wurden unruhig, nervös schnaubend versuchten sie durchzugehen, stiegen hoch, als wollten sie ihre Reiter abwerfen. Aber die Männer waren geübte Reiter und blieben fest im Sattel. Auch Martin, der nun aus einiger Entfernung beobachtete, wie das Schloss gestürmt wurde. Plötzlich sah er Rauch aufsteigen vom Schloss. Er ritt näher an die Spitze des Haufens, sah nun die plündernden Bauern, die auf keinerlei Widerstand gestoßen waren, wie sie alles aus dem Schloss trugen, was sich nur mitnehmen ließ. Sie trugen Büchsen und Pulver davon, Stoffe, Werkzeuge und Proviant. Der Proviantmeister ordnete an, in welche Wagen die Beute verladen werden sollte. Längst war die Herrschaft geflohen und die Bediensteten des Schlosses dachten nicht an Gegenwehr.

Sie konnten nur zuschauen, wie die Bauern und Landsknechte wild alles zerschlugen, was sich nicht mitnehmen ließ. Erst als die Plünderer wieder abgezogen waren, löschten sie die schwelenden Tore.

Martin ritt zurück zum Vater, der noch bei den Wagen postiert war. Der sah ihm gleich an, dass die blinde Wut der Mitstreiter ihn mehr erschreckte als der Feind.

»Wir müssen den Gegner schwächen, sonst ist er uns bald wieder über«, argumentierte er.

Martin war froh, dass er nun wieder mit dem Vater vorausreiten konnte. Allein mit den wenigen Reitern hatte er das Gefühl, jetzt wieder freier atmen zu können. Doch war die Stelle, an der man sich trennen wollte, schnell erreicht. Nun sollte er, mit dem kleinen Haufen, den der Bair anführen sollte, das Bibertal hinaufziehen, während der Vater und Jakob Wehe sich mit dem großen Haufen nach Pfaffenhofen wandten.

Es waren vor allem die Bauern, die dem Roggenburger Gotteshaus angehörten, die nun die Biber hinaufzogen.

Der Bair gefiel sich wieder in der Rolle des Anführers. Fortwährend kommandierte er. Ständig wollte er sich in irgendeiner Form Respekt verschaffen. Doch viele der Bauern, mit denen er sonst getrunken und Witze gerissen hatte, überhörten seine Befehle. Da bedurfte es schon der Unterstützung des Sausenthalers, um den Haufen mit einiger Disziplin zu führen.

Martin, der mit dem jungen Mayr und dem Hertl hinter den Hauptleuten ritt, hörte den Melcher prahlen, er wäre doch wohl der richtige Hauptmann des Haufens, weil er kein Federlesens mit den Pfaffen mache.

Ein anderer, der Jakob Plest gerufen wurde, ein kräftiger Mann mittleren Alters, mit hervorstechenden wilden, dunklen Augen, den die meisten, seiner Grobheit wegen fürchteten, schlug in genau dieselbe Kerbe, nur dass man über seine Äußerungen nicht lachen mochte, denn sein Jähzorn war unberechenbar und machte auch nicht vor Schwächeren Halt.

Sie waren nun schon vor dem Pfarrhof in Biberberg angelangt, da machte Jakob Plest ein Gezeter.

»Hier wollen wir unseren Durst stillen«, grölte er.

Die anderen stimmten ihm zu und forderten Wein.

Der Bair drang als erster in den verlassenen Pfarrhof ein und schickte zehn seiner Männer in den Keller, die sollten die Weinfässer holen. An Ort und Stelle wurde eines der Fässer angezapft um das sich bald alle drängten, um ein paar hastige Schluck zu ergattern. Jakob Plest war der erste am Fass, danach wollte er alles zerstören, was irgendwie von Wert war. Er begann sogleich damit, Löcher in die Ofenkacheln zu bohren.

Martin fragte ihn: »Warum machst du das?«

Da schubste der Plest ihn weg und schrie: »Das ist meine Sache und geht dich nichts an!«

In diesem Moment rief der Bair zum Aufbruch.

»Es liegen noch mehr Pfarrhöfe auf unserem Weg«, versprach er verheißungsvoll, »die wollen wir nicht vernachlässigen.«

Das überzeugte auch Jakob Plest, der Martin wortlos stehen ließ und die anderen nun zur Eile trieb.

Kurze Zeit später bewegte sich die Bauernschar nach Wallenhausen. Dort war die Pfarrei des Magister Johannes, des verhassten Konventherren.

Noch bevor der Bair einen Befehl erteilen konnte, waren Jakob Plest, der Hertl und der Melcher ins Pfarrhaus eingedrungen und zerschlugen alles, was sie vorfanden. Fenster, Öfen und Kästen, Türen und Bettstätten. Bald fanden sie Helfer, sie zerrissen Tücher und Decken, und wie in Biberberg begossen sie ihren Feldzug mit reichlich Wein.

»Bringt Pulver!«, schrie Jakob Plest, der aus dem zerschlagenen Mobiliar ein Feuer entzünden wollte.

»Ja, brennt das Zeug nieder!«, brüllte der Melcher.

Schon stürmten einige zu dem Wagen, auf dem Pulver und Büchsen lagerten. Aber der Sausenthaler stellte sich ihnen in den Weg und wies sie zurecht.

»Das Pulver ist zu schade dafür«, sagte er. »Zu viel Ehre für den Magister unser gutes Pulver zu vergeuden.«

»Das Brennen besorgen allein die Landsknechte, das ist nicht Bauernart«, mischte Martin sich ein.

Aber der Melcher verhöhnte ihn und Jakob Plest äffte ihn nach: »Ist nicht Bauernart!« Und er stellte sich drohend vor ihn: »Was ist dann Bauernart? Dem Magister die Füße lecken, zum Dank für die Prügel, die wir seinetwegen ertragen mussten?«

Dann wandte er sich wütend von ihm ab und führte seinen Kampf gegen das tote Inventar weiter, bis er so müde war, dass er die Axt erschöpft sinken ließ.

Den Feind zu entwaffnen, ihm Pulver und Blei zu rauben und ihn so für den Kampf zu schwächen, dass er seine Macht verlor, das leuchtete Martin ein. Aber Öfen und Schränke zu zerschlagen, wo lag da der Sinn, fragte er sich.

Der Bair rief erneut zum Aufbruch. Die Bauern folgten ihm. Ins nächste Dorf, ins nächste Pfarrhaus. Dort, in Oberhausen, tranken sie sieben Maß Wein, ließen aber alles heil, weil gegen den Pfarrer wenig vorzubringen war.

In Biberachzell nahmen sie zum Wein, den sie im Stadel fanden, noch Hennen und Kapaunen mit, und in Oberreichenbach war es nicht anders: Wein und Federvieh und ein Kampf gegen Ofen, Schränke und Fenster. Die Pfarreien waren verlassen, die Pfaffen längst nach Weißenhorn geflohen.

Martin sah zu und dachte an Paulin. Er hatte ihn seit dem Tage, als sie gemeinsam in Leipheim waren, nicht mehr gesehen. Würde er das Plündern und Zerstören verstehen? Hätte er eine Antwort parat, die rechtfertigte, was sie da trieben?

Vielleicht würde er sagen: Euch haben sie geplündert. Euer Hab und Gut, selbst euer Leben und eure Seele. So lange schon, dass ihr es als gottgegeben empfunden habt. Warum soll ich jetzt richten, eure wütenden Taten verurteilen, da ich früher geschwiegen habe? Euch haben sie leibeigen gemacht und Zins und Gült herausgepresst, mit Fronen belastet und mit falscher Rechtsprechung gedemütigt. Wundert es dich da, wenn ich nachsichtig bin mit euren Übergriffen? Vielleicht würde er aber auch sagen: Ein Unrecht kann durch ein anderes Unrecht nicht wettgemacht werden.

Aber plötzlich verschwand Paulin wieder aus seinem Kopf, weil Jakob Plest neben ihm auftauchte.

»Dem ersten Pfaffen, der mir übern Weg läuft, schneide ich beide Ohren ab, oder noch ganz etwas anderes.« Er brüllte dabei ein Lachen heraus, schaute sich nach allen Seiten um, ob die anderen mit ihm lachten.

Am späten Nachmittag waren sie am Ziel, fast gleichzeitig mit dem großen Haufen, der von Pfaffenhofen her kam. Nun standen sie vor den Toren der Fuggerstadt Weißenhorn.

2.

Martin ritt dem großen Haufen, der von Hegelhofen her kam, entgegen. An der Spitze des Zuges erkannte er den Vater, der neben Jakob Wehe ritt.

Östlich der oberen Vorstadt machten sie Halt und lagerten. Die Haufen hatten sich wieder vereinigt, die Bauern erzählten untereinander, wie es ihnen auf ihrem Beutezug ergangen war.

Der Bair zeigte stolz die Wagen her, auf denen das Beutegut gesammelt lag. »Wie soll es jetzt weitergehen?«, fragte er. »Ich habe zwei Kuriere geschickt, man hat ihnen aber keinen Einlass gewährt«, antwortete der Pfarrer.

»Dann lasst es mich versuchen«, bat der Bair.

»Warten wir noch eine Stunde«, meinte Wehe, »das wird sie unruhig machen.«

Die düsteren Wolken, die mit Regen gedroht hatten, waren weitergezogen. Die Sonne brach durch wie ein feuriger Reiter, der sich nicht aufhalten ließ. Der Himmel war aufgerissen und täuschte mit sommerlichem Blau, aber schon strich ein kühler Wind aus dem Osten dagegen; der roch nach Schnee.

Martin sagte dem Vater: »Ein jedes Pfarrhaus haben sie unterwegs geplündert und überall Schaden gemacht, auch völlig unnötigen.«

Der Vater erwiderte nichts darauf. Aber in seinen Augen stand: Nun lässt sich nichts mehr einlenken, denn Gewalt erzeugt immer Gegengewalt. Und nur der Stärkere wird weniger leiden.

»War das Unrecht?«, fragte der Sohn.

»Wann kann Gewalt schon gerecht sein«, antwortete der Vater.

Dann wurden sie unterbrochen. Der Melcher kam in ihre Nähe und prahlte vor einem Landsknecht, der mit dem großen Haufen gezogen war.

»Kein Pfarrhaus ist mehr unbeschadet!«, krakeelte er.

»Da waren wir gnädiger«, fiel ihm der Landsknecht ins Wort und begann zu erzählen: »Der Wehe hat sich nur ein geschmalztes Brot geben lassen, im Pfarrhaus in Attenhofen. Als er es aber gegessen hatte, meinte er, man solle das wacklige Haus doch niederreißen, damit es einem rechten Christenmenschen nicht auf den Kopf fallen kann. Aber da kam eine Weibsperson, die hat gebeten und gefleht, und der gute Wehe hatte Mitleid.«

»Wobei er's ja nur gut gemeint hat«, lachte der Melcher und der Landsknecht lachte jetzt mit ihm.

»Lass uns die Pferde versorgen«, sagte der Vater.

Sie führten die Pferde auf die nahe Weide, nahmen ihnen Sattel und Zaumzeug ab und ließen sie grasen. Dann kehrten sie zu Wehe zurück, der noch immer unschlüssig schien.

Der Bair drängte: »Lasst mich jetzt mit denen verhandeln, so wie es abgesprochen war.«

Wehe schaute zur Sonne, die sich langsam zum Illerwald beugte. »So geh, in Gottes Namen«, sagte er schließlich.

»Kommt mit«, sagte der Bair zum Vater und zum Martin.

Weitere fünf schlossen sich ihnen an, dann gingen sie bis zum oberen Tor, wo sie um Einlass baten, damit sie um ihr Geld zu essen und trinken bekämen. Man habe, sagte der Bair entschlossen, die bündischen Reiter doch auch in die Stadt gelassen und verkaufe selbst an Juden und Zigeuner Trank und Speise.

»Ist das alles, was ihr begehrt?«, fragte der Kastner durch eine Zinne.

»Nicht alles«, antwortete ihm der Bair. »Wir begehren weiter, dass der Rat sich unserer Bruderschaft anschließen soll. Ihr sollt mit uns das heilige Evangelium beschützen.«

Nun trat der Bürgermeister Diepold Schwarz hervor.

»Wir haben in Weißenhorn bisher keinen Mangel an Gottesdiensten und Predigten gehabt, haben auch keine Klage oder Beschwernis über unsere Obrigkeit«, sagte er.

Dann bat er die Bauern, sie möchten die Stadt unbeschädigt lassen und gute Nachbarschaft halten, wie man das auch gegen sie tun wolle. Zum Ausdruck ihrer freundlichen Gesinnung ließen Herrschaft und Rat Wein und Brot kommen und reichten vor dem Tor den Gesandten freundlichen Trunk, den sie auch annahmen.

Der Bair hatte eine Flasche in der Hand, diese füllte er bis oben mit Wein und scheidend versprach er, er wolle die Sache vor die Hauptleute bringen und dabei das Beste tun und danach Antwort bringen.

Die Reaktion der Stadt überraschte niemand im Haufen.

»Keiner soll uns nachsagen, wir hätten nicht zu verhandeln versucht«, sagte Jakob Wehe. »Nun müssen wir die Stadt gewaltsam nehmen.«

Der Bair erwiderte nichts.

Die Landsknechte riefen: »Worauf warten wir noch!«

Jakob Wehe begann mit Ulrich Schön, seinem engsten Vertrauten, die Schlachtordnung festzulegen.

Da meldete sich Stoffel Beck, unterstützt von den Jettinger Bauern, dass sie nicht gewillt wären, die Stadt zu stürmen.

»Habt ihr Angst vor den Hakenbüchsen, die auf euch gerichtet sind?«, forschte Jakob Wehe, unterstützt vom Gelächter seiner Leute.

Doch Stoffel Beck und die Jettinger, die schon dabei waren, das Lager zu verlassen, fanden auch unter den anderen Bauern welche, die sich ihnen anschlossen.

Und Stoffel Beck rief: »Was soll man die Männer unnötig in Gefahr bringen, wenn die Stadt sich anständig verhält.«

»Sie verhält sich nur anständig, weil sie Angst haben da drinnen. Wären die Bündischen Streitkräfte hinter den Toren, hätt's wohl keinen freundlichen Trunk, sondern Bleisalven zur Begrüßung gegeben.«

Die Mehrheit der Bauern ergriff Partei für Jakob Wehe, doch die Jettinger ließen sich nicht mehr umstimmen und zogen, unter hämischen Beschimpfungen des großen Haufens, zum Galgenberg hoch, wo sie blieben. Ihnen war noch ein weiterer kleiner Haufen gefolgt, während die anderen sich für den Angriff rüsteten.

Jakob Wehe aber gefiel es nicht, dass ein Teil der Bauern sich abgesondert hatte, auch wenn es nur wenige hundert waren.

»Die Einigkeit ist unsere Stärke gewesen und so soll es auch bleiben«, sagte er.

Dann schickte er den Bair und den Sausenthaler zu den Abtrünnigen, um ihnen zu sagen, dass man sie als Feinde behandeln und nicht anders mit ihnen verfahren würde, als mit denen von Weißenhorn, wenn sie nicht umkehrten um sich dem großen Haufen anzuschließen. Sie mussten ihre ganze Redekunst anwenden, fordern und drohen, bis der Stoffel Beck zur Umkehr überredet war.

Jetzt konnten die Fähnlein* eingeteilt werden. Das ganze Lager war bald im Aufbruch. Ein Teil des Haufens zog mit vielen Spießen und einem Wagen mit Leitern in die Vorstadt hinab, die anderen zogen weiter vor das obere Tor, wo sie etliche Böcke für die Hakenbüchsen aufstellten.

In der Stadt war derweil ein strenger Befehl ergangen, die Bauern nicht zu reizen und nicht hinaus zu schießen.

Martin war bei denen, die die Böcke für die Hakenbüchsen aufstellen sollten. Im Schutz der Gärten pirschten sie, tief geduckt, mit den Böcken auf dem Rücken, nahe ans Tor heran, wo sie sich verteilten und die Böcke so aufstellten, dass die Schützen in Stellung gehen konnten.

Martin hatte den seinen gerade seitlich der Zinne aufgestellt, da hörte er den Kastner rufen: »Warum geht ihr so gewalttätig gegen uns vor?«

Einer der Bauern antwortete ihm: »Unsere Räte werden bald kommen und Antwort geben!«

Martin hatte sich mit den anderen bereits zurückgezogen und die Schützen waren mit ihren Hakenbüchsen schon in Stellung gegangen, als der Bair auf dem Graben erschien.

Jetzt zeigte sich auch der Bürgermeister und fragte den Bair, warum er sich nach dem freundlichen Anerbieten und Abschied jetzt anders verhielte.

Der Bair antwortete: »Man hat uns nicht in die Stadt gelassen, um unser Geld zu verzehren, deshalb wollen wir, so Gott will, die Stadt heute Nacht erobern.«

Zornig rief der Bürgermeister zurück: »So hüte jeder Fuchs seinen Balg, das walte Gott und der Ritter St. Jörg.« Damit war die Losung zum Sturm gegeben und man begann sofort auf die Bauern zu schießen.

Der erste Schuss traf einen Bauern, der bei dem Torhäuschen am Graben stand.

Die Bauern richteten indessen ihren Angriff gegen das am Wall gelegene Tor. Sie schossen es aus den Angeln; der Weg war nun frei. Sie trauten sich aber nicht, das Tor zu stürmen, sie wagten sich kaum näher, denn wo die Weißenhorner Schützen trafen, fielen die Angreifer übereinander.

Da brach die erste Panik unter den Bauern aus.

Die vorderen wichen zurück, die hinteren schoben im Schutze der Vorderleute und drängten zum Tor.

Die Landsknechte brachten Ordnung in das erste Durcheinander. Sie, die den Kampf gewohnt waren, die den. Krieg zu ihrem Handwerk gemacht hatten, konnte auch der Tod nicht aus der Ruhe bringen, der sich jetzt unter die Angreifer gesellte. Ihre Befehle duldeten keinen Widerspruch, ihr Handeln war so überzeugend, dass die Bauern sich ihnen widerstandslos unterordneten.

Allein, die Stadt war nicht zu nehmen.

Eine Stunde lang war eine heftige Schießerei. Von allen Türmen der Stadtmauer und aus allen Schießscharten qualmte es von den abgefeuerten Büchsen. Die Bauern suchten Schutz in den Häusern der Vorstädte und die postierten Hakenbüchsenschützen schossen in die Scharten und Luken, ohne jedoch großen Schaden anzurichten.

Einer der Türme war mit den Pfaffen, die aus ihren Dörfern geflohen waren, besetzt. Sie schossen auf ihre Untertanen und erfreuten sich an jedem Schuss, der sein Ziel nicht verfehlte.

Am eifrigsten aber war Nicolaus Thomann, Kaplan in Weißenhorn, bei dem die Pfarrer und Konventherren Unterschlupf gefunden hatten.

Er, der im Aufbegehren der Bauern nichts als Gottlosigkeit und Teufelswerk sah, hatte jede Gelegenheit genutzt um viel Volk gegen die Bauern zu sammeln und dafür gesorgt, dass ihr Einfluss in der Stadt nicht zu groß wurde.

Nun stand an er an der Schießscharte und feuerte wild drauflos in die Bauernmasse. Und, als wären die Angreifer Teufel, lachte er auf, wenn die Bauern getroffen übereinander purzelten. Es war ihm eine Genugtuung, dass sie so hilflos vor den Toren verharrten und sich keinen Schritt näher trauten.

Martin stand beim Vater. Beide waren sie mit Spießen und einem langen Messer bewaffnet. Sie warteten. Nichts ging voran. Keinen Schritt kamen sie weiter.

»Vielleicht wär's anders, wenn die Illertisser da wären«, meinte der Vater.

»Man müsste warten, bis ihnen das Pulver ausgeht«, gab ihm Martin zur Antwort.

»Das kann lange dauern«, erwiderte der Vater.

Plötzlich rief einer: »Der Büchsenmeister* ist tot!«

Der Bair und der Sausenthaler eilten zu ihm. Aber jede Hilfe kam zu spät. Eine Kugel hatte ihn genau ins Herz getroffen.

»Verdammt!«, fluchte Jakob Wehe.

Büchsenmeister waren im Bauernheer selten und deshalb schwer zu ersetzen. So zählte er auch für Wehe zu den wichtigsten Leuten.

»Diese verdammte Stadt«, schimpfte er weiter. »Diese verdammten Pfaffen!« Dann ließ er das Feuer einstellen. Augenblicklich wurde auch aus der Stadt nicht mehr geschossen. Es war ruhig.

Kein Schuss mehr von den Türmen.

Keiner mehr aus der Bauernschar.

Dann wurde es Nacht.

3.

Und wie geht es weiter?, fragte sich Martin. Ist der Kampf nun zu Ende? So erfolglos, mit nichts in der Hand, nur Toten, die sie auf die Karren laden, um sie daheim zu begraben. Oder folgt nun ein Warten, bis der Befehl zu einem neuen Angriff erfolgt?

Doch jetzt war Nacht. Und es sah nicht danach aus. Nicht bevor es wieder Tag werden würde. Zu groß war die

Enttäuschung, die sich in gegenseitigen Vorwürfen entlud. Unfrieden herrschte im Lager, unter den eigenen Leuten.

Warum hatte man die Stadt nicht eingenommen?

War man nicht stark, nicht einig genug?

War das Heer zu klein oder nicht fähig zum Kampf?

Wie einfach war es doch gewesen, das Schloss Bühl und die Pfarrhäuser einzunehmen. Ohne jeden Verlust!

Aber eine Stadt ist kein Pfarrhaus und wo es eine Gegenwehr gibt, da fließt Blut, da mischt sich der Tod in den Streit.

Martin saß bei den Pferden. Er war froh, dass das Schießen ein Ende hatte. Er hatte das Gefühl, erst jetzt wieder atmen zu können. Seine Anspannung war so groß gewesen, dass er nicht einmal Angst empfand. Jetzt packte ihn eine lähmende Müdigkeit. Er strich einem Falben, der schnaubend den Kopf hob und horchte, übers Fell um ihn zu beruhigen. Dann ging er zum Lager zurück und kroch in eines der Zelte. Er wollte schlafen, doch die anderen hielten ihn wach; mit Reden, was denn jetzt geschehen solle.

Die Hauptleute stritten untereinander: Sollte man die Stadt am Morgen erneut angreifen oder den Schwanz einziehen und sich davonmachen mit dem Spott der Städter und Pfaffen im Nacken? Auch steigerten sie sich in eine Wut gegen die Mönche.

»Die Pfaffen sind an allem Schuld!«, riefen sie. Da machte der Bair den Vorschlag, man solle gegen Roggenburg ziehen und das Kloster einnehmen.

Gleich brach ein Geschrei aus. Der Vorschlag gefiel. Versprach das Kloster doch leichte, sichere Beute. Kaum Widerstand würde es geben und reichere Schätze lagen da als in der ganzen Stadt. Selbst Jakob Wehe, der bis zuletzt hartnäckig auf einer Belagerung Weißenhorns bestanden hatte, fand an dem Vorschlag Gefallen.

»Damit kann man das Versagen hier ungeschehen machen«, sagte er zu Ulrich Schön, seinem Vertrauten.

Der stimmte ihm zu und meinte: »Eine lohnende Plünderung wird die Zwistigkeiten, die sich im Bauernhaufen breit gemacht haben, wieder beseitigen. Besser die Leute bei Laune halten, als sich an einem strategisch wichtigen Punkt die Zähne auszubeißen.«

Nur der Vater war nicht einverstanden. »Wie wollen wir Ulm einnehmen, wenn es uns nicht einmal gelingt dieses Pfaffennest auszuheben«, sagte er.

»Ulm ist nicht Weißenhorn«, erwiderte Wehe, »da steht viel Volk auf unserer Seite. Und die Baltringer, die sich uns gegen Ulm anschließen werden.«

Missmutig wandte sich der Vater ab und eilte mit ausholenden Schritten zu den Pferden. Martin folgte ihm. Er war froh, dass sie die Zelte hier abbrachen und nach Roggenburg zogen. Vor dem Kloster hatte er keine Angst.

Schon setzte sich der Haufen in Bewegung. Die Ortskundigen vorneweg. Die Ochsenkarren am Ende des Zuges. Sie machten dabei solch beträchtlichen Lärm, dass der Aufbruch den Bürgern der Stadt, nicht verborgen blieb.

»Sie ziehen ab!«, rief der Kastner von der Zinne und schnell verbreitete sich die Kunde in der ganzen Stadt. Die Bürger atmeten auf, die Pfaffen zeigten sich zufrieden, der Bürgermeister ließ sich als Sieger feiern.

Später, als die Bauern nicht mehr weit von Roggenburg entfernt waren, schreckte der Lärm, den sie machten, auch die wenigen Mönche und Bediensteten, die noch im Kloster geblieben waren, aus ihrem ängstlichen Schlaf, und sie flohen Hals über Kopf in den nahen Wald.

So standen die Hauptleute vor der offenen Pforte. Nichts war mehr verriegelt und nichts verbarrikadiert worden. Sie konnten eintreten, als wären sie die Mönche selbst.

Nirgendwo schlug ihnen Widerstand entgegen. Wild und ungestüm stürmten sie das menschenleere Gemäuer. Schon eilten die Ersten durch die Gänge, rissen die unverschlossenen Zellen auf und kramten in der wenigen Habe, die sie dort vorfanden. Wo die Tür verschlossen war, wurde sie eingetreten, aber auch dort fanden sie nur wenige Habseligkeiten vor.

Der Melcher führte eine Gruppe an, die ins Wirtschaftsgebäude eingedrungen war. Dort fanden sie in den Vorratskammern Käse, Brot und Nüsse, und über den Getreidekisten hingen die Würste dutzendweise. Andere hatten den Weinkeller entdeckt und trugen unter großem Geschrei die Fässer nach oben. Jakob Wehe ließ sie auf die Wagen laden. Da sagte der Bair, ein paar Fässer müssten gleich hier getrunken werden und ließ sie in die Kirche bringen. Vor dem Altar fanden sie ihren Platz, wurden gleich angezapft, und aus den kostbaren Kelchen und Pokalen, die man gefunden hatte, wurde der Wein gezecht.

»Der Wein ist trefflich!«, rief der Stoffel Beck.

»Die Herren Mönche haben einen guten Geschmack«, sagte der Bair. »Den können sie sich leisten«, meinte der Melcher und grölte: »von unserem Geld!«

Die Bauern waren schnell betrunken. Sie waren erschöpft von den Anstrengungen des Tages und hatten lange nichts gegessen. Jetzt trieben sie das Viehzeug in die Kirche, schlachteten und brieten es dort.

Martin stand dabei und schaute zu.

»Steh nicht so rum«, sagte der Melcher zu ihm, »sondern trink.«

Da drückte ihm ein Landsknecht einen Becher in die Hand und sagte: »Warum zierst du dich, die Herren machen's nicht anders.«

Martin nahm einen kräftigen Schluck. Gleich wurde ihm warm.

»Setz dich zu uns«, forderte ihn der Landsknecht auf, legte seinen Arm um Martins Schultern und führte ihn ans Feuer.

»Nimm dir ein Stück Fleisch«, sagte er, riss einem angebratenen Kapaun, der sich über dem Feuer drehte, einen Schenkel ab und gab ihn dem Jungen.

Wortlos nahm Martin das Fleisch und aß.

»Denk nicht, dass wir die Teufel sind«, sagte der Landsknecht. »Du müsstest erleben, wie es die Herren treiben. Die reißen euch die Schenkel aus.« Dabei packte er den anderen Schenkel des Masthahns, riss ihn ab und biss hinein.

Da kam Jakob Plest, der mit einigen Bauern in die Bibliothek eingedrungen war. Sie schleppten Folianten und Pergamentrollen auf den Klosterhof und entzündeten ein Feuer damit. Sie begannen um das Feuer zu tanzen und weil in den Büchern auch die Gülten der Bauern verzeichnet waren, schrien sie: »Nur Rauch und Asche noch sind unsere Abgaben!«

Als das Spektakel zu Ende war, begann ein neues: Sie zerschlugen Heiligenbilder und Epitaphien, zerschnitten Messgewänder, rissen das Chorgestühl heraus und warfen es zu den Büchern ins Feuer.

»Und ist das keine Gottlosigkeit?«, fragte Martin, und zeigte auf die ausgelassenen Bauern, die sich jetzt aus den Messgewändern Hosenbändel machten.

»Das macht der Wein«, lachte der Landsknecht und schenkte Martin nach.

»Ich sag dir noch mal, die Herren reißen euch die Schenkel aus, wie den Kapaunen. Denen ist keine Grausamkeit groß genug. Ich war dabei, wie Dörfer überfallen und die Frauen vergewaltigt und bei lebendigem Leib verbrannt wurden. Selbst vor Kindern macht ihre Grausamkeit nicht Halt.«

Martin dachte an das Schäfle. Er hatte Angst. Die Worte des Landsknechts schürten aber auch seine Wut. Hastig trank er den Wein bis zur Neige. Dann schlug er eine Heiligenfigur aus dem Chorgestühl und warf den Kopf ins Feuer.

Plötzlich sah er den Bair, der im Ornat des Abts zum Altar stolzierte.

»Wir haben ihn zum Abt gewählt«, schrie der Melcher. Und der Mayr aus Meßhofen und der Stoffel Beck trugen ihn bald auf den Schultern und setzten ihn auf den Altar.

Da rief Jakob Plest von der Orgel herunter: »Er soll predigen und ich mach dazu die Musik.« Gleich begann er die Orgelpfeifen zu verbiegen, dann schlug er alles kurz und klein.

Und während der Bair weiter wie ein Gockel umherstolzierte, zerschlugen die anderen Bauern das Sakramenthäuslein, nahmen das Hochwürdige heraus, selbst das Gefäß, worin die Hostien und das Öl waren.

Nichts schien ihnen mehr heilig zu sein.

Jakob Wehe hatte vergeblich versucht, Disziplin und Ordnung in die vom Zorn besessenen Bauern zu bringen. Nun trieb er seine Leute zum Aufbruch.

»Spannt die Wagen an, wir müssen nach Leipheim zurück!«, rief er. »Die Stadt ist ohne Schutz!«

Ulrich Schön und der Vater halfen ihm, die trägen Bauern und Landsknechte, die der Wein widerspenstig gemacht hatte, zum Aufbruch zu bewegen. Aber bald war der Haufen auf den Beinen und zog sich nach Leipheim zurück.

Zurück blieben der Bair und seine Leute, Bauern aus dem Gebiet des Gotteshauses. Sie lagen schnarchend in den Kirchenbänken, oder hatten, sofern sie noch laufen konnten, in den Zellen der Mönche eine Schlafstatt gefunden. Die Trinkfesten unter ihnen saßen noch ums ausgehende Feuer und zechten.

Der Vater stand an der zerschlagenen Kirchenpforte und schaute mit versteinertem Gesicht auf die Trümmer. Das Grunzen und Rülpsen der sattgefressenen Bauern am Feuer drang in sein Ohr und von den Schlafenden aus den Zellen war ein Schnorcheln und Gurgeln zu hören.

Dann erkannte er seinen Sohn, der inmitten des Kirchenschiffs auf dem Boden lag, bedeckt mit der Haut eines geschlachteten Schafes.

Der Vater eilte zu ihm und trug ihn in Paulins Zelle, die unversehrt geblieben war, weil an der Tür das einfache bäurische Holzkreuz hing. Dort legte er ihn schlafen.

Dann ging er in die Kirche zurück und setzte sich ans Feuer.

Einer gab ihm Wein. Er trank ihn langsam und starrte in die Glut. Bald fielen ihm die Augen zu. Die Anstrengungen des Tages hatten Spuren hinterlassen. Er rutschte noch näher an die Glut, legte die Haut des Schafes, auf der der Sohn gelegen hatte, unter sein Haupt und schlief, bis der Hahn ihn weckte.

4.

Es war der Sonntag Judika*.

»Wacht auf! «, schrie der Vater, »wacht auf!«

Doch die Bauern waren nicht wachzukriegen. Da suchte er nach dem Bair. Der steckte noch immer im Ornat des Abtes und hatte zwischen den Orgelpfeifen eine Schlafstatt gefunden.

Was denn los sei, fragte er widerwillig.

»Du bist der Hauptmann«, herrschte ihn der Vater an. »Dann weck augenblicklich deine Männer und sag ihnen, sie mögen sich fertig machen. Oder willst du hier Wurzeln schlagen?!«

Der Bair starrte ihn entgeistert an. Noch schien er im Traum gefangen und es dauerte eine Weile, bis er kapierte; dann aber schüttelte er sich wie ein Hund, ergriff den nächstliegenden Stock und schlug damit auf alles ein, was Krach machte.

»Aufstehn, Leute!«, brüllte er. »Oder wollt ihr hier Wurzeln schlagen?«

Der Beck und der Sausenthaler begriffen zuerst, dass sie schon zu lange im Kloster geblieben waren. Sie halfen dem Bair, die Männer auf Trab zu bringen, stürmten in jede Mönchszelle und rüttelten jeden Einzelnen wach. Es war nicht einfach, da viele noch berauscht waren und nicht viel geschlafen hatten.

Der Vater ging in Paulins Zelle, seinen Sohn wecken. »Ich reite voraus«, sagte er, dann ging er sein Pferd satteln. Dem Bair sagte er, er möge sich mit den anderen beeilen. »Der Haufen darf nicht zerfallen. Vor Mittag noch müssen sie in Leipheim sein, so ist es abgesprochen.«

»Wir brechen schon auf«, antwortete der Bair.

Tatsächlich trieb er seine Männer an, duldete nicht einmal, dass weitere Beute auf die letzten Wagen geladen wurde, hatte auch kein Mitleid mit den betrunkenen Bauern, die Mühe hatten dem Zug zu folgen.

»Ich komme bald nach«, sagte Martin dem Bair. »Mit dem Pferd habe ich euch schnell eingeholt.«

Dann ritt er nach Frankenhofen.

Diesmal kam die Mutter gleich an die Tür, als sie das Pferd hörte. Sie lächelte und fragte, ob er Hunger hätte.

»Nein, ich bin nicht hungrig«, sagte Martin. D
ann fragte sie nach dem Vater: »Kommt er bald heim?«

»Bald«, sagte Martin, »aber ich weiß nicht, wann.«

»Es muss doch gesät werden«, sagte die Mutter.

Dann begrüßte er die Geschwister, die hergerannt kamen. »Wir wollen reiten, reiten, setz uns auf dein Pferd!«

»Das Pferd ist müde, es muss sich ausruhen«, redete sich Martin heraus. »Und ich muss bald wieder fort.«

Er brachte das Pferd in den Stall. Dort war alle Arbeit getan.

Im Haus erzählte er der Mutter, was in Weißenhorn gewesen war und dass sie gegen das Kloster gezogen waren. Er verschwieg ihr aber, dass sie dort ein Trinkgelage veranstaltet und mit Fleisch gevöllt hatten. Er schämte sich vor ihr deswegen und er schämte sich vor sich selbst. Mehr, als wenn er beim Kampf jemanden getötet hätte. Die Fastenzeit wurde immer eingehalten, dafür sorgte schon die Mutter.

Jetzt kam die Base dazu und brachte eine Nachricht von Paulin. Er könne nicht länger im Kloster bleiben, habe er gesagt, aber mit dem Abt nach Weißenhorn fliehen, das habe er auch nicht gewollt.

Damit ging sie wieder nach draußen, an irgendeine Arbeit. Die Mutter stellte ihm noch den Krug Milch auf den Tisch, dann ließ auch sie ihn allein.

Aber er fand keine Ruhe. Gleich stand er wieder auf und ging in den Stall, um sein Pferd zu holen. Kaum saß er im Sattel, lief Paulin ihm keuchend entgegen.

»Was ist denn los?«, fragte Martin, der sich freute, den Freund zu sehen, obwohl er gleich erkannte, dass er in Gefahr war.

»Die Illertisser!«, keuchte Paulin.

Kaum hatte er das gesagt, sprengten einige Reiter dicht an ihn heran. Bauern in Waffen. Martin stellte sich ihnen entgegen.

»Warum hilfst du dem Pfaffen?«, schrien sie.

»Er gehört zu uns«, antwortete Martin.

Da schien einer der Bauern ihn zu erkennen. »Bist du nicht der Sohn vom Frankenhofer?«, fragte er.

»Ja, der bin ich«, antwortete Martin.

Jetzt stiegen die Bauern vom Pferd und traten näher. »Wir haben im Kloster nach dem Rechten gesehen«, sagte der, der ihn erkannt hatte.

»Da wird nicht mehr viel da gewesen sein«, erwiderte Martin.

»Habt ihr das gestern veranstaltet?«

»Ja«, antwortete Martin, »die anderen sind mit der Beute nach Leipheim, dorthin solltet ihr auch schleunigst.«

»Du hast uns nichts zu sagen!«

»Ist der Martin Treu euer Anführer?«

»Ja.«

»Dann sagt ihm das.«

Die Bauern stiegen wieder auf ihre Pferde und ritten grußlos in Richtung Kloster davon.

»Am besten, du bleibst hier«, sagte Martin.

Paulin nickte. Noch immer keuchte er vor Erschöpfung.

»Komm mit«, sagte Martin, band sein Pferd an und führte Paulin ins Haus. Dort erzählten sie einander.

»Wir haben das Kloster gestern geplündert«, begann Martin.

»Ich weiß«, sagte Paulin.

»Selbst die Orgel und das Sakramenthäuslein sind zerschlagen, die Bücher verbrannt worden. Wir haben das Vieh in der Kirche geschlachtet und den Klosterwein getrunken. Aber frag nicht, warum wir das getan haben.«

»Das lange Warten hat die Bauern zermürbt«, antwortete Paulin, »jetzt ziehen sie wie Räuber umher, ohne einen Blick noch für das, weswegen sie sich zusammengeschlossen haben. Sie haben Geschmack gefunden am Umherziehen und Plündern.«

»Gerade wie die Landsknechte des Truchsess«, stimmte ihm Martin zu. »Nur die Grausamkeit fehlt uns noch.« Und er berichtete Paulin, was ihm der alte Landsknecht gestern alles erzählt hatte.

»Sie weiden sich am Schmerz der Bauern. Keine Gräueltat kann ihnen groß genug sein«, stimmte ihm Paulin verbittert zu.

»Mein Vater hat gesagt, mit den Herren kann man nicht verhandeln. Sie kennen nur die Sprache der Gewalt und sie sind heimtückisch und falsch, sodass man ihnen kein einziges Wort glauben darf. Sie sind nur auf den eigenen Vorteil bedacht.«

»Dann wäre jede Verhandlung zwecklos gewesen«, warf Paulin ein.

»Vielleicht war sie das«, sagte Martin.

Dann reichte er Paulin den Krug. Der trank ihn in einem Zug leer, wischte sich den Mund mit dem Ärmel der Kutte und sagte: »Die Weißenhorner werden schon als Helden gefeiert! Sie stolzieren durch die Stadt wie eingebildete Gekken. Ihren Dünkel werden die bis in tausend Jahren nicht mehr los.«

»Wenn wir siegen, werden sie die Verräter sein«, antwortete ihm Martin. Paulin nickte. Aber man sah ihm an, dass er nicht mehr an einen Erfolg glaubte.

»Glaubst du nicht mehr an die Sache?«, forschte Martin.

»Sie ist schon gescheitert«, gab ihm der Mönch zur Antwort. »Es ist schon zu viel Zeit vergangen. Die Zeit hat den Bund stark gemacht und die Bauern schwächer. Die Haufen sind zermürbt und die Bauern, ich sag es noch einmal, haben nur noch Geschmack am Umherziehn und Plündern. Die Disziplin zerfällt. Es sind zu viele, die das Sagen haben. Beim Bundesheer wird nur einer befehlen und die anderen werden gehorchen.«

Martin schlug die Prophezeiung in den Wind. »Du siehst wieder einmal alles zu düster«, sagte er. Dann nahm er Abschied. »Ich bin froh, dass nun ein Mann im Haus ist!«.

Martin umarmte den Mönch, dann eilte er zu seinem Pferd und ritt los. Nach Ingstetten erst, zum Schäfle.

Die kam gleich zur Tür gerannt und zog Martin in die Stube. Dort küssten sie sich. Und sie bedrängte ihn mit Wünschen und tausend Fragen.

»Bald hab ich mehr Zeit«, versprach er. »Jetzt warten die andern. Ich muss hin.«

Das Schäfle ließ ihn ziehen, trotz ihrer Angst. Sie wusste ohnehin, dass er sich nicht hätte überreden lassen.

Er dagegen hatte allen Mut. Er trieb sein Pferd an und nahm den kürzesten Weg nach Leipheim.

5.

»Der Truchsess ist schon verdammt nah«, sagte der Frankenhofer, »und unser Haufen ist noch nicht stark genug.«

»Wir sollten noch einmal mit dem Bund verhandeln, um Zeit zu gewinnen«, schlug Jakob Wehe vor.

»Dazu ist es zu spät. Der Truchsess hat schon eine Abteilung Reiterei nach Elchingen geschickt und er selbst ist schon auf dem Wege nach Leipheim.«

»Und was schlägst du vor?«, fragte Wehe.

»Wir müssen alle herumziehenden kleinen Haufen aufspüren und sie hierher schicken. Die Übermacht des Truchsess ist zu groß.«

»Dann verlier keine Zeit«, sagte der Pfarrer. »Ich selbst werde nach Günzburg reiten. Dort stehen noch einige tausend Mann unter Waffen und lagert noch allerhand Pulver.«

»Dann werde ich mich nach Langenau wenden, der Finsternauer mit seinen Leuten muss her«, sagte der Frankenhafer.

Mit diesen Worten trennten sie sich.

Während Jakob Wehe den Weg nach Günzburg einschlug, ritt der Frankenhafer zum Donauufer. Dort ließ er sein Pferd in Trab fallen und beobachtete aufmerksam die Gegend. Überall konnte der Feind ihm begegnen.

Plötzlich vernahm er ein lautes Schreien. Schnell trieb er sein Pferd ins Dickicht und verharrte dort. Bald wurde der Grund des Geschreis sichtbar.

Ein kleiner Bauernschwarm wurde von bündischen Reitern gehetzt und zur Donau getrieben. Es dauerte nicht lange, da wurden die Fliehenden eingeholt und niedergestochen. Diejenigen, die den Spießen entkommen waren, wurden in die Donau getrieben, wo sie ertranken.

Nun stieß eine weitere Gruppe von bündischen Reitern dazu. Sie hatten Gefangene gemacht, etwa zweihundert. An Stricken zusammengebunden wurden sie fortgeführt.

Als sie weit genug weg waren, sprengte der Frankenhofer mit seinem Pferd aus dem Gebüsch und trieb es voran, so schnell, dass ihm, wenn er entdeckt worden wäre, wohl niemand hätte folgen können. Er hielt sein Pferd im Galopp, bis er sich ganz in Sicherheit glaubte. Da war er schon auf Leipheimer Boden.

Bald darauf traf der Bair mit seinen Leuten ein. Martin, der den Haufen mit seinem Pferd schnell eingeholt hatte, war bei ihm. Die Wagen wurden in die Stadt gebracht und abgeladen.

Als der Vater erzählte, was er am Donauweg gesehen hatte, wurde vielen schon bang.

Der Bair sagte: »Hier wird es auch gleich losgehen. Wir sind schon in Stellung gegangen und haben die Steige über der Biberbrücke besetzt.«

»Ein guter Platz«, bestätigte ihm der Vater.

Und der Bair fuhr fort: »Links das Jungholz, rechts der Bach, davor ein Sumpf und den Rücken haben wir uns mit einer Wagenburg geschützt. Da sollen die Reitersleute erst mal kommen.«

»Und sonst?«, fragte der Vater.

»Kaum Neues«, sagte der Bair. »Vom Illertisser Haufen ist noch nichts zu sehen.«

»Die holen sich im Kloster das, was wir übrig gelassen haben«, meinte Martin und erzählte, was daheim vorgefallen war.

»Der Truchsess ist schon dicht bei uns«, sagte der Vater besorgt, »aber die Bauernhaufen sind überall verstreut. So werden wir uns auf Dauer nicht wehren können. Und den Bauern, die ihnen in die Hände fallen, nicht helfen.«

»Und die Langenauer?«

»Hab sie nicht angetroffen. Sind wohl noch mit Plündern in Elchingen beschäftigt, sofern der Truchsess sie nicht daran gehindert hat.«

»Verdammt«, fluchte der Bair.

Und der Vater erzürnte sich: »Wenn nicht ein jeder tun würde, was ihm gerade einfällt, stünde die Sache günstiger. Jetzt müssen wir warten, bis Wehe und die Unterstützung aus Günzburg kommen.«

Auf einmal hörten sie laut das Donnern der Hakenbüchsen und Falkonette.

»Es wär an der Zeit, dass sich aus Günzburg was tut«, sagte der Bair. »Man hört sie schon schießen und es kommt näher!«

»Sind das unsere Geschütze?«, fragte Martin.

»Ja«, antwortete der Vater. »Aber das sieht mir nach Rückzug aus!«

Kaum hatte er es ausgesprochen, erblickten sie schon die Bauern, die am rechten Donauufer Stellung genommen hatten. Nun zogen sie sich langsam nach Leipheim zurück.

»Dann können wir nicht länger warten«, meinte der Vater und bat den Bair, er solle die Männer nach Bühl schikken, damit sie die in Stellung gegangenen dort unterstützen könnten.

Der Bair zögerte nicht. Er rief die Fähnriche und gab Befehl. Martin und der Vater ritten voraus. Die anderen würden ihnen folgen.

Das Schießen wurde lauter. Immer näher kam es. Da trafen sie schon auf die eigenen Leute.

»Der Truchsess hat mindestens fünftausend Mann«, schrie einer der Hauptleute. »Wir müssen uns zurückziehen!«

»Nein!«, schrie der Vater ihn an, »kein Rückzug!«

»Aber es geht nicht mehr«, war die Antwort.

»Wenn wir uns zurückziehen, geraten unsere Leute in Panik, dann wird aus einem Rückzug eine Flucht.«

Aber er konnte keinen Einfluss mehr nehmen. Kaum hatte er seine Befürchtung ausgesprochen, zogen sich die Schützen mit ihren Hakenbüchsen zurück und wollten den Rückzug der Übrigen decken. Plötzlich sprengten die Kriegsknechte des Truchsess von der Seite her dicht an die Bauern.

»Deckt die Flanken besser«, schrie der Vater.

Martin richtete seine Hellebarde auf und galoppierte dem Vater nach, der mit gezogenem Schwert den Bauern zu Hilfe eilte. Plötzlich scheute Martins Pferd und drohte durchzugehen, da versperrte ein anderer Reiter dem unruhigen Pferd den Weg. Martin atmete auf. Danke!, signalisierte er dem Reiter.

»Das Pferd hätte dich ja dem Feind ausgeliefert«, lachte der. Dann schlug er mit seinem langen Schwert weiter auf die gepanzerten Ritter und Edelleute ein.

An seiner Seite war jetzt einer der Hauptleute, die nicht viel von der Kriegskunst verstanden, aber durch ihre Wildheit und ihre Unerschrockenheit der Sache dienten. Die Rüstungen der jungen Edelleute erschreckten ihn nicht. Mit blankem Spieß stellte er sich ihnen entgegen, schlug wild um sich und hob gleich mehrere der anreitenden Edelleute aus dem Sattel.

An seiner und an des Vaters Seite schwand Martins Angst, und er half mit seiner Hellebarde den Feind abwehren.

Kaum aber war der erste Angriff abgewehrt, ritten schon die Nächsten los und stürmten die Flanke.

»Lasst euch nicht aufrollen!«, schrie der Vater.

»Haut sie in die Flucht!«, brüllte der Hauptmann neben ihm. »Holt sie runter von ihrem hohen Ross!«

Doch mit solcher Rede wussten die Bauern nicht viel anzufangen. Sie vertrauten eher den Landsknechten in ihren Reihen, die, ans Kämpfen gewöhnt, jetzt klaren Kopf behielten und einen langsamen Rückzug ermöglichten.

Als aber die Stadt in Sichtweite war, warfen viele der Bauern ihre Waffen weg und flohen in die Stadt, und jene, die am Lager vor den Stadttoren standen, überkam die Angst, als sie der Übermacht des Truchsess gewahr wurden, und diese Angst lähmte sie so, dass sie zwar ihre Waffen behielten, aber nicht mehr wussten, was sie draußen damit anfangen sollten.

Da halfen die Parolen der Hauptleute nicht mehr. Die weniger Mutigen verkrochen sich und hörten keinen Befehl mehr. Die anderen, sofern sie sich der gepanzerten Reiter nicht erwehren konnten, wurden niedergemetzelt.

»Wir brauchen Verstärkung, sonst sind wir verloren!«, rief der Hauptmann, der nun den Rückzug leitete, während der Vater sich bis zu den Vorderen durchgeschlagen hatte.

»Wo bleibt nur der Wehe!«, rief Martin verzweifelt.

»Hier im Moos können die bündischen Reiter nicht angreifen. Lasst uns den Rückzug jetzt beschleunigen«, befahl der Hauptmann.

Sie waren nun schon nahe vor der Stadt, da trafen sie auf Jakob Wehe, der allein, ohne Unterstützung, zurückgekommen war.

»Sie sind zu träge«, fluchte der Pfarrer. »Die kriegen ihren Arsch in drei Tagen nicht hoch.«

Nun sah Martin auf das riesige Streitheer des Truchsess, das vor den Toren der Stadt Stellung nahm. Erst jetzt bemerkte er, wie deutlich die eigene Schlagkraft dezimiert war.

»Was ist mit den anderen?«, fragte er.

»Geflohen oder tot«, antwortete resignierend der Pfarrer.

Plötzlich kam der Vater in wildem Galopp dahergeritten.

»Die Rennfahne* des Truchsess ist durchgebrochen und hat den unsrigen den Weg abgeschnitten!«, rief er.

»Man muss ihnen zu Hilfe kommen«, forderte der Bair.

»Es ist zu spät«, sagte der Vater. »Die, die zurück ins Jungholz geflohen sind, sind der Nachhut des Truchsess in die Hände gefallen, die anderen hat man in die Donau getrieben, wenn sie nicht vorher schon aufgespießt wurden.«

»Und was jetzt?«, fragte Martin, zitternd vor Furcht.

»Die Stadt darf auf keinen Fall preisgegeben werden«, verkündete Wehe.

»Ohne fremde Hilfe sind wir machtlos«, erwiderte der Vater. Dann sagte er: »Lasst mich die Unruhe nützen, um doch noch von irgendwoher Verstärkung zu holen.«

Jakob Wehe nickte.

Der Vater nahm Martin in die Arme und drückte ihn an sich, dann ritt er, unbemerkt von den kämpfenden Landsknechten und Bauern, davon. Martin schaute ihm lange nach.

Es war das letzte Mal, dass er den Vater sah.

6.

Die Frauen versammelten sich auf dem Marktplatz und jammerten: »Warum nur habt ihr es so weit kommen lassen!«

Und die Männer schimpften auf Jakob Wehe: »Du hast uns verführt und uns falsche Sachen versprochen. Die Waffen der Bündischen würden sich gegen sie selbst richten, hattest du gepredigt. Aber jetzt liegen schon viele Tausend der unseren da draußen und wir fragen uns, für was sie gestorben sind.«

Die Kampfhandlungen vor den Toren waren eingestellt und das Heer des Schwäbischen Bundes wartete auf den Befehl zum Angriff.

Noch einmal versuchte Jakob Wehe seine Leute zu begeistern, um die Stadt mit aller Kraft zu verteidigen. Aber er hatte keine Macht mehr über sie und seine Worte blieben ohne Wirkung.

Nur die übergelaufenen Landsknechte, die ohnehin nicht auf die Gnade des Truchsess vertrauten und die Bauernführer mit ein paar Getreuen an ihrer Seite, die von außerhalb kamen und fürchteten, so oder so nie mehr nach Hause zu können, hörten des Priesters Wort.

Die Bürger der Stadt aber und die Bauern der Umgebung liefen hin und her, beunruhigt und ängstlich. Sie ließen die Worte ihres Pfarrers verhallen oder sie erwiderten sie mit Vorwürfen. Die Klagen der Frauen aber übertönten alles.

Und während die Kampfwilligen, zu denen auch Martin, der Bair und der Melcher und noch etliche aus dem Roggenburger Gebiet gehörten, auf die Stadtmauer stiegen um den Angriff der Reiter abzuwehren, schickten die Bürger einige Frauen und einen Greis zum Truchsess und flehten um Gnade für die Stadt.

Der Angriff auf die Stadt aber war schon beschlossene Sache und das Fußvolk des Bündischen Heeres machte sich zum Sturm auf die Stadt bereit.

Noch einmal versuchten es die Frauen und bettelten um Gnade. Da sagte der Truchsess, die Stadt müsse sich auf Gnade und Ungnade ergeben und sie müssten ihren Prediger ausliefern, der die Bauern mit Unwahrheiten verhetzt hätte.

Mit dieser Antwort kehrten sie zurück und trugen es vor.

Jakob Wehe hörte es. Er stand auf der befestigten Mauer mit einer Hakenbüchse im Anschlag. Martin neben ihm hatte es auch gehört und der Bair, der hinter einem Falkonett stand.

»Du musst fliehen«, sagte daraufhin der Bair.

Jetzt eilte der Sausenthaler, der am Tor unten gewesen war, herbei und rief, schier außer Atem: »Die liefern dich aus, Wehe! Du musst fliehen!«

»Das gilt bald auch für uns«, bemerkte der Melcher, der die Bürger beobachtete, wie sie drauf und dran waren das Stadttor zu öffnen.

Kaum hatte er es ausgesprochen, war Jakob Wehe verschwunden. Er war in sein Pfarrhaus gelaufen, das dicht an die Mauer gebaut war. Von dort führte ein Geheimgang zur Donau. Am Ufer wusste er eine trockene Höhle, die er früher schon einmal als Versteck benützt hatte. Mit dichtem Gestrüpp verstopfte er den Eingang. Als Wegzehrung für seine weitere Flucht hatte er sich zweihundert Gulden aus der Kriegskasse mitgenommen.

Der Sausenthaler übernahm Wehes Hakenbüchse. Martin half ihm dabei, sorgte für die Munition. Zwei Landsknechte bedienten mit dem Bair das Falkonett.

Der Feind rückte näher. Schritt um Schritt.

Als er in Schussweite war, feuerten sie los.

Da begann ein Tumult am Tor, wo die wenigen Kampfwilligen mit den Bauern und Bürgern, die sich ergeben wollten, stritten.

»Macht das Tor auf«, brüllten sie, »sonst sind wir alle verloren! «

Und der Feind rückte näher, Schritt um Schritt. Und jeder Schritt war wie ein Schlag mit der Trommel, die einen zum Henker führt. Die wenigen Hakenbüchsen und Falkonette der Verteidiger schreckten den Feind nicht.

»Stellt das Schießen ein«, forderten die eigenen Leute, die sich ergeben wollten, und beschimpften die Männer auf der Mauer.

»Wir müssen weg!«, rief der Sausenthaler. »Für uns gibt hier keiner einen Kreuzer.«

Damit warf er die Hakenbüchse fort und rannte weg. Martin hob sie auf und richtete sie auf die nahenden Söldner.

»Was willst du noch damit«, schrie ihn Ulrich Schön an. »Hau besser ab, du kannst hier nichts mehr tun.«

Auch der Bair ließ alles stehen und liegen und folgte dem Sausenthaler in die Stadt.

Martin schaute ihnen nach, dann blickte er in das von Furcht und Enttäuschung gezeichnete Gesicht des Ulrich Schön. Der brüllte ihn noch einmal an: »Versteck dich irgendwo! Los!«

Martin sprang von der Mauer. Er wollte weg, raus aus der Stadt. Der Hauptmann Schön hatte Recht. Hier hatte er nichts mehr zu suchen. Aber er wusste nicht, wie er die Stadt verlassen sollte. Das Tor war geschlossen und draußen rückten die bündischen Kriegsknechte näher, Schritt um Schritt. Er musste sich einen Schlupfwinkel suchen. Aber die Stadt war ihm fremd. Und er kannte niemanden, der ihm hätte weiterhelfen können. Im Übrigen war ein jeder mit sich selbst beschäftigt.

Nun stand er nahe am Tor, war plötzlich mitten unter den Frauen, die zeterten und die Landsknechte beschimpften, die die Stadt länger verteidigen wollten.

Immer mehr Bauern kamen jetzt dazu, die sich auf Gnade und Ungnade ergeben wollten, und ihre Zahl wuchs, je näher der Feind auf sie zumarschierte.

Bald standen sie vor der Stadt und der Truchsess wiederholte noch einmal seine Forderung und verlangte, dass sie den Prediger ausliefern sollten.

Die Bürger liefen zu Wehes Haus, aber sie fanden es leer.

»Er ist weg«, sagten sie, »geflohen!«

Dann öffneten sie das Tor und ergaben sich dem Truchsess auf Gnade und Ungnade.

Die Schergen des Truchsess drangen in die Stadt ein, entwaffneten die Landsknechte und Bauern, die sich noch immer verteidigten, und nahmen sie gefangen. Martin sah den Bair, der sich bis zuletzt wehrte.

»Hunde!«, rief er. »Feiges Hundsvolk!«

Hilflos musste der Bair sich der Übermacht beugen. Und Martin sah, wie sie den Ulrich Schön gefangen nahmen und die anderen Hauptleute und wie sie, an Stricken aneinander gebunden, aus der Stadt geführt wurden.

Der Truchsess befahl seinen Knechten vor der Stadt zu lagern, auch verbot er ihnen das Plündern, weil er fürchtete, dass sie mit der Beute dem Heer entlaufen würden. Nur die Ritter und Bundeshauptleute sollten sich in der Stadt einquartieren.

Im Pulk der um Gnade flehenden Männer und Frauen fand Martin Schutz. Er flehte und bat mit. Und als die Schergen die Frauen nach Hause schickten, wurde Martin mit den anderen Männern in die Kirche getrieben.

Als es Nacht wurde und die Ritter und Hauptleute in die Häuser gingen um sich bewirten zu lassen, hörte er die Schreie der Frauen, die sie vergewaltigten, hörte das rohe Gegröle der Schergen, und er verkroch sich in einem Winkel der Kirche und weinte. Es waren zornige Tränen; er verstand nicht, warum Gott auf der Seite der Peiniger war. Er dachte an den Vater, hatte Angst um ihn, und er fragte sich, was mit dem Bair, dem Wehe und mit den anderen, die gefangen genommen worden waren, geschehen würde.

Er versuchte zu beten, aber da hörte er wieder die Schreie der Frauen und er fragte sich, ob ihre Schänder denselben Gott hatten, zu dem er beten wollte.

Und wie er die Männer teilnahmslos um sich herumsitzen sah, überkam ihn eine solche Wut, dass er losbrüllen wollte. Doch der Schrei blieb ihm in der Kehle stecken. Und er spürte, wie die Angst auch ihn erfasst hatte. Er kauerte sich in seine Ecke, hielt sich die Ohren zu und dachte daran, dass er morgen fliehen müsse.

7.

Die Nacht war lang. Ihn fror. Und der Schlaf, der ihn für Stunden hätte vergessen lassen können, wollte erst kommen, als draußen die Hähne schon krähten und bald darauf auch schon die Kriegsknechte ihren Lärm in den Gassen veranstalteten.

Sie schrien nach dem Prediger. »Rückt den Wehe raus«, forderten sie, »oder wir legen die ganze Stadt in Schutt und Asche.«

»Er ist nicht hier«, versicherten die Bürger. »Wir selbst haben schon alle Häuser und Scheunen durchsucht.«

Die Männer, die sie nachts eingesperrt hatten, wurden am Morgen nach Hause geschickt, und die, die nicht hierher gehörten, drückten sich in den Gassen der Stadt herum.

Ein jeder wartete, was geschehen würde. Die Beutemeister des Truchsess forderten einen Monatslohn für jeden Fußknecht, wenn die Stadt vom Plündern verschont bleiben wollte. Die Stadtväter, die sich nach Wehes Flucht verantwortlich zeigten, willigten ein.

Als der Truchsess am ihnen frühen Morgen sagte, dass es sich um 36.000 Gulden handle, erschraken sie.

»Da habt ihr wohl zu viel versprochen in eurer Angst«, scherzte er. Dann schätzte er die Stadt selbst auf 1.500 Gulden, aber damit wollten sich die Beutemeister nicht zufrieden geben.

Inzwischen wurde im Haus des Pfarrers die Kriegskasse mit 600 Gulden gefunden. Ein Hauptmann brachte sie dem Truchsess.

Der warf sie wütend auf den Boden und schrie: »Den Wehe selbst will ich und nicht seine Gulden.« Dann ritt er mit seiner Leibgarde in sein Hauptquartier nach Bubesheim zurück.

Die Suche nach dem Pfarrer ging indessen weiter. Mit Hunden durchkämmten sie die ganze Stadt. Sie drohten den Leuten: »Wenn wir den Wehe nicht finden, wird es euch schlecht ergehen.«

Dann suchten sie vor der Stadt, entlang der Mauer, in jedem Gestrüpp. Stachen mit ihren Hellebarden ins Dickicht, das die Donauufer umsäumte.

Plötzlich schlug einer der Hunde an. Er zog zu Wehes Höhle, roch den Menschen darin und seine Angst und die Kriegsknechte folgten ihm und rissen mit ihren Hellebarden das Reisig von der Höhle. Da erblickten sie den Priester am Boden kauernd, zitternd vor Angst und Kälte, und sie zogen ihn heraus und fesselten ihn. Dann banden sie ihn an einen Strick und ließen ihn hinter einem Reiter nach Bubesheim traben. Dort führten sie ihn, die Hände am Rücken zusammengebunden, dem Truchsess vor.

Befriedigt betrachtete er den Gefangenen. Doch der wich seinem Blick nicht aus. Und seine nach Atem ringende Gestalt war voller Würde. Die Angst hatte er in der Höhle zurückgelassen.

Nun traf er die Freunde wieder. Ulrich Schön, den Bair, den Günzburger Pfarrer und seine Hauptleute, die bis zuletzt zu ihm gehalten hatten. Jetzt warteten sie gemeinsam auf ihr Urteil.

Der Truchsess wollte Gericht halten. Die Beutemeister aber über ihren Sold verhandeln. Es kam lauthals zum Streit.

»Du hast uns Günzburg zur Plünderung versprochen und dein Versprechen nicht gehalten!«, warf ihm einer der Beutemeister vor.

»Die Stadt hat freiwillig ihre Tore geöffnet und sich ergeben«, rechtfertigte sich der Truchsess.

»Und die Leipheimer? Die haben uns 34.000 Gulden versprochen, wenn wir sie verschonen.«

»Die sie nie und nimmer bezahlen können«, warf der Truchsess ein.

»Und wann erhalten wir den versprochenen Sold?«

»Man wird sich schon einigen«, sagte der Truchsess barsch, »die Urteile gehen jetzt vor.«

Mit diesen Worten ließ er die Beutemeister einfach stehen, die murrend den Platz verließen.

In der Stadt atmete man auf, als die Nachricht von der Gefangennahme Wehes bekannt wurde. Dieselben, die ihren Pfarrer noch vor kurzem hatten hochleben lassen, wünschten ihm nun den Tod. Kaum einer, der Mitleid hatte. Nicht mit Jakob Wehe und nicht mit den andern.

8.

Das Urteil war schnell gesprochen. Alle acht Angeklagten wurden zum Tode verurteilt: Jakob Wehe, Ulrich Schön, der Bair, drei weitere Hauptleute, ein alter Landsknecht und der Günzburger Pfarrer.

Sie wurden auf eine blühende Wiese geführt, wo ein guter Teil des Heeres versammelt war. Dort wartete auch der Scharfrichter in seinem roten Wams, der im Heere mitzog. Er trug ein Schwert, das zwei scharfe Schneiden, jedoch eine abgerundete Spitze hatte, und das zu nichts anderem gebraucht werden durfte als zur Hinrichtung.

Jakob Wehe sollte als Erster niederknien.

Der Truchsess wandte sich zu ihm und sagte: »Hättet Ihr Gottes Wort nach Gebühr gepredigt und nicht Aufruhr, so wär Euch dies hier erspart geblieben.«

Ruhig antwortete ihm der Pfarrer: »Mir geschieht Unrecht von Euch. Ich habe nicht Aufruhr, sondern Gottes Wort gepredigt.«

»Da hat man mir anderes berichtet«, erwiderte ihm der Truchsess.

Jetzt trat der Kaplan des Truchsess zu dem Prediger und ermahnte ihn, er möge sich doch mit Gott versöhnen und wollte ihm die Beichte abnehmen.

Er aber weigerte sich, sagte: »Ich habe meinem Gott und Schöpfer schon gebeichtet und dem meine Seele empfohlen, von dem ich sie empfangen habe.«

Dann wandte er sich zu den Mitverurteilten und sagte ihnen: »Seid guten Mutes, Brüder, wir werden heute noch miteinander im Paradiese sein.«

Dann schloss er die Augen und betete leise und als er sie wieder öffnete, rief er laut: »Herr, vergib ihnen, denn sie wissen nicht, was sie tun!«

Dann hob der Scharfrichter das Schwert, schlug zu und das Haupt des Predigers rollte ins Gras.

Als Zweiter wurde Ulrich Schön geköpft.

Als der Bair an die Reihe kam, sagte der: »Ich habe niemals etwas Unrechtes getan, der Bürgermeister von Weißenhorn könnte dies bezeugen.« Er hatte gehofft, dass der Bürgermeister, der mit im Felde gewesen war, ein gutes Wort für ihn einlegen würde.

Doch das Gegenteil war der Fall. Wie der Truchsess den Diepold Schwarz um eine Antwort bat, stolzierte der, aufgeplustert wie ein Pfau, vor dem Angeklagten auf und ab und sagte: »Er war es, der in Weißenhorn den Aufruhr geschürt hat.« Dann, in der Pose des Feldherrn, zählte er die Untaten des Verurteilten auf. Und er hob noch einmal hervor, dass er, der Bürgermeister von Weißenhorn, es gewesen war, der die Bauern als Erster im Lande zurückgewiesen habe.

Der Bair blickte ihn zornig an, sagte aber nichts mehr. Er schämte sich, dass er von so einem, der nun schleimig grinsend zu ihm herabsah, eine Gnade gewollt hatte und hob die Augen zum Himmel.

Da schlug der Scharfrichter zu und der Kopf des Ebner Jörg, den alle nur den Bair genannt hatten, fiel ins Gras.

Als der Scharfrichter den sechsten Kopf aus dem Grase hob und fein säuberlich zu den anderen reihte, war über dem Schilf schon die Sonne untergegangen und er weigerte sich, ein weiteres Urteil zu vollstrecken, weil dies gegen alle guten Sitten wäre.

Dem Pfarrer von Günzburg und dem alten Landsknecht wurde das Leben geschenkt. So war es Henkersbrauch. Das Urteil musste am selben Tag, vor Sonnenuntergang, vollstreckt werden.

Der Landsknecht durfte gehen, der Günzburger Pfarrer aber wurde auf einen Wagen gebunden und wie ein Tier, das man zur Belustigung und Abschreckung vorzeigen will, überallhin mitgeschleppt.

9.

Eine Flucht war nicht nötig. Man ließ die Bauern ziehen. Zu Fuß. Ohne Waffen. Der Truchsess hatte ihnen gesagt, die Strafe würde schon noch folgen. Ein jeder müsse sich verantworten, ein jedes Dorf Rechenschaft ablegen. Jetzt sollten sie erst einmal heimgehen. Jeder dorthin, von wo er gekommen war.

Draußen vor der Stadt grub man ein Grab für die Toten. Es waren tausend oder mehr; wer wollte sie noch zählen. Die Männer schaufelten die Gräber zu und die Frauen weinten. Ihr Leid war so groß, dass nichts anderes mehr Platz hatte.

Niedergeschlagen machte sich Martin auf den Heimweg. Der Melcher war bei ihm. Stumm gingen sie nebeneinander. Stumm wie die Fische in den Weihern des Abts. Die anderen folgten, ein jeder für sich, ohne den Trost eines andern. Wo es möglich war, mieden sie das offene Feld.

»Wir müssen uns vor den Landsknechten des Truchsess in Acht nehmen«, meinte der Sausenthaler. »Die machen jetzt Hasenjagd auf die Bauern.«

»Wir sind jetzt Freiwild. Und keinen kümmert's, wenn einer von uns liegen bleibt«, stimmte ihm Martin verzweifelt zu.

Bald darauf sahen sie eine Gruppe Reiter, die ausgeschwärmt war, um noch herumziehende Bauernhaufen aufzuspüren.

Der Melcher hatte sie als Erster gesehen und warnte die anderen, die sich schnell im Dickicht verkrochen, bis die Gefahr vorbei war.

Daheim verkrochen sie sich wieder, ein jeder in seinem Haus, wie waidwunde Tiere, die Wunden leckend. Tief saß der Schmerz, die Scham, die sie wortkarg machte bei ihren Frauen. Tief steckte die Angst in ihren Herzen, die Furcht vor den Häschern bei jedem fremden Geräusch, das zu ihnen drang.

Martin ging zum Schäfle.

Die schrie ihren Schmerz heraus. »Den Vater haben sie mir erschlagen wie einen Hund!«

»Und du?«, fragte Martin ängstlich.

»Ich habe mich versteckt«, antwortete sie mit leeren Augen, »und habe zugesehen.« Dann krallte sie sich fest an ihm und weinte ihren Schmerz an seine Brust.

Er hielt sie, mit der wenigen Kraft, die er selbst noch hatte, und sagte: »Du kannst nicht mehr hier bleiben. Du musst mit mir kommen.«

Ihre Schreie erstickten im Schmerz und bald versiegten auch ihre Tränen. Ihre Lippen, die Wangen wurden fahl, ihre Augen ausdruckslos und leer, als hätte jemand ihr Gesicht gelöscht. Martin strich über ihr strohiges Haar; dann nahm er sie wieder in die Arme und sagte: »Komm, wir sind noch am Leben.«

Sie warteten die Dämmerung ab, dann schlichen sie im Schutze der Dunkelheit nach Frankenhofen.

Die Mutter empfing sie ohne ein Wort. Sie fragte nichts und sie weinte auch nicht.

»Wo ist der Vater?«, fragte Martin.

Da schüttelte sie nur den Kopf und ging wieder.

Auch die Base wusste nichts vom Vater.

Dann nahm er das Schäfle, das frierend neben ihm stand, mit in die Kammer. Dort ließen sie sich bis zum Morgen nicht los.

10.

Es war schon nach Ostern, da kam Paulin mit schlechter Nachricht.

»Ein Strafzug des Truchsess ist unterwegs«, sagte er. »In Weißenhorn haben sie Halt gemacht, jetzt ziehen sie das Rothtal herauf und das Bibertal. Von jedem Dorf verlangen sie Rechenschaft und man soll ihnen huldigen, sonst brennen sie alles nieder.« .

Dann redete er weiter, gehetzt, als verfolge ihn jemand: »Der Abt ist wieder im Kloster. Es heißt, er wird ein Strafbuch anlegen für seine Untertanen. Jetzt wird er auch gegen mich losgehen.«

Martin bat ihn ins Haus. Dort erzählte er weiter: »Die Weißenhorner haben ein Lobschreiben für ihre Tapferkeit bekommen. Jetzt sind sie stolz darauf und heißen es gut, wenn die Reisigen* umherziehen und die Bauern abschlachten. Den Sausenthaler jagen sie auch und du tust gut daran, dich zu verstecken. Und nimm das Schäfle mit. Sie schrekken vor nichts zurück.«

Dann umarmte er den Freund und rannte davon.

Das Schäfle stand am Fenster und schaute ihm nach.

Auch als er längst nicht mehr zu sehen war, blieb sie dort und starrte mit angstvollen Augen hinaus.

»Mehr als alles Geld werden sie nicht wollen«, versuchte Martin sie zu beruhigen.

Aber das Schäfle antwortete nicht. Da nahm er sie wieder in die Arme und sie umklammerte ihn und rief: »Sie dürfen dir nichts tun, sonst sterbe ich auch.«

»Wir werden fortgehen«, sagte Martin, »Ulrich Schmid hat mir von Orten erzählt, in denen es keine Leibeigenschaft gibt, wo die Bauern schon frei sind.«

»Wo ist das?«, fragte das Schäfle ungläubig.

»Drei, vier Tage von hier«, antwortete Martin.

»Das kann ich nicht glauben«, erwiderte das Schäfle.

»Es ist bei den Schweizer Seebauern.«

Das Schäfle sagte nichts mehr. Sie schaute wieder hinaus aufs freie Feld und war nicht mehr ansprechbar.

Martin zögerte. Er wusste nicht, ob er Paulins Rat befolgen und fliehen, oder ob er noch warten sollte. Wenn nur der Vater da wäre, dachte Martin. Der wüsste genau, was jetzt zu tun wäre.

Unschlüssig ging er in der Stube hin und her. Hatte er eine Entscheidung getroffen, so entschied er im nächsten Augenblick wieder anders.

Es verging kaum eine Stunde, da kam Paulin wieder. Er war völlig verstört, brüllte: »Warum bist du um Gottes Willen noch hier!«

»Ich will auf den Vater warten«, antwortete Martin.

»Dein Vater ist tot«, schrie er, außer sich vor Trauer und Wut.

»Tot?«, fragte Martin.

»Sie haben ihm in Illertissen den Kopf abgehauen.«

Martin schlug die Hände vors Gesicht und sank auf die Knie. So blieb er eine Weile, stumm, ohne ein Wort, ohne eine Regung. Dann schaute er Paulin an und sagte: »Ich habe Angst vor dieser Nachricht gehabt, aber jetzt, da ich es weiß, finde ich Ruhe.«

»Den Sausenthaler haben sie auch erschlagen und jetzt suchen sie dich!«, ereiferte sich Paulin und drängte: »Du musst fliehen, sofort, sie sind schon auf dem Wege nach Ingstetten.«

Die Base kam dazu. Sie begriff sofort. »Ich geh nach Meßhofen mit den Kindern. Dort kann ich bei einem Bauern unterkommen, der nicht ungehorsam war«, sagte sie.

»Und die Mutter?«, fragte Martin.

»Sie will nicht«, antwortete die Base.

Martin eilte zu ihr. Sie stand am Herd und schürte das Feuer. Er fasste sie bei den Schultern und redete auf sie ein. »Du kannst nicht allein hier bleiben«, sagte er und er flehte sie an, doch mit der Base nach Meßhofen zu gehen.

Aber die Mutter schaute ihn mit leeren Augen an und sagte nur: »Ich bleibe hier.« Tonlos, mit brüchiger Stimme, und doch so bestimmt, dass jeder Versuch sie umzustimmen zwecklos blieb.

Martin nahm sie in die Arme, küsste ihre Wangen und ging weg. Er schnürte ein paar Decken zusammen, steckte Brot und Speck als Wegzehrung in die Taschen und nahm die wenigen Gulden, die noch im Hause waren, mit. Dann zog er das Schäfle vom Fenster, nahm sie bei der Hand und rannte mit ihr davon.

Sie liefen dem Paulin nach, der schon vorausgeeilt war, um zu erkunden, wie nahe der anrückende Strafzug schon war.

Sie rannten in den Wald. Dort wusste Martin ein Versteck, das außer ihm nur der Vater und Paulin kannten, und Anderlin natürlich, mit dem er sich, als sie Kinder waren, zum Spaß hier versteckt hatte. Im Schutz der Zweige wollten sie jetzt ausharren, bis der Feind sich zeigen würde.

»Bring das Schäfle in dein Versteck«, sagte Paulin, »so lange warte ich hier.«

Die Waldhöhle, die der Vater vor langer Zeit entdeckt und so getarnt hatte, dass keiner ihr je gewahr wurde, lag nicht weit. Nun brachte er das Schäfle an den Platz, wo sie das Wild versteckten, das sie in Notzeiten heimlich gejagt hatten. Jetzt sollte die Höhle ihnen Unterschlupf gewähren, wenigstens solange, bis die Reiter wieder abgezogen waren.

Als sie dort angelangt waren, hob Martin vorsichtig das tarnende Gestrüpp, warf Decken und Wegzehrung in die Höhle, die der Vater mit Holzbalken gestützt und mit Reisig ausgelegt hatte. Dann sagte er zum Schäfle: »Warte hier auf mich, ich bin bald zurück.«

Sie wehrte sich nicht, in den dunklen Bau zu steigen, umarmte den Geliebten, küsste ihn und flüsterte ihm zu: »Pass auf dich auf und komm bald zurück.«

Martin drückte sie fest an sich, dann schlich er zum Waldrand zurück, wo Paulin wartete.

»Noch nichts von den Reitern zu sehen«, empfing ihn Paulin, »die halten in Ingstetten wohl ein ausgiebiges Strafgericht.«

Sie blickten beide gespannt zur Flussbiegung, an der sie die Reiter erwarteten.

»Wann ist das mit dem Vater gewesen?«, fragte Martin plötzlich.

»Die Bündischen sollen ihn vor zwei Tagen gefangen und nach Illertissen geschleppt haben, und gestern haben sie ihn geköpft.«

Martin antwortete nichts darauf. Sein Schmerz war leise. Er weinte auch nicht, als hätte er keine Tränen mehr. Er schaute nur starr in die Richtung, aus der er die Reiter erwartete.

Kurze Zeit später tauchten sie auf.

Sie galoppierten nach Frankenhofen. Es waren etwa zwanzig. Sie drangen in Haus und Stadel ein und schleppten Getreide heraus und alles, was sich noch irgendwie verwenden ließ. Dann trieben sie das Vieh aus dem Stall und banden es an den Bäumen fest. Jetzt zerrte jemand die Mutter heraus. Sie wehrte sich. Ein Reiter, geharnischt, mit einer auffallenden Feder am Helm, der wohl der Hauptmann war, redete auf sie ein; ein anderer schlug sie. Die Mutter stürzte zu Boden, dann raffte sie sich wieder auf und lief ins Haus zurück.

Sie kamen ihr nicht nach, sondern umzingelten den Hof. Auf ein Kommando entfachten sie ihre Fackeln und warfen sie auf die Dächer von Stall und Haus. Bald stand alles in Flammen.

Sie warteten darauf, dass die Mutter sich vor den Flammen retten würde, aber als das Dach schon eingestürzt war und die Mutter noch immer nicht herauskam, hatten sie nur mehr ein Hohngelächter für sie übrig. Ein Menschenleben galt nichts mehr.

Martin starrte entsetzt in die Flammen. Tränen standen in seinen Augen, ließen die Bilder verschwimmen. Er sah plötzlich im hochlodernden Feuer die Gesichter der Eltern, den Anderlin und sich selbst. Bilder der Vergangenheit. Dann wischte er die Tränen und Bilder aus seinen Augen und wandte sich fragend und Hilfe suchend an den Freund: »Jetzt ist meine Mutter tot, in den Flammen erstickt und verbrannt. Und Frankenhofen gibt es auch nicht mehr. Was soll ich nur tun?«

»Fliehen«, sagte Paulin. »Weit weg, wo keiner dich kennt.«

»Und wohin?«, fragte Martin.

»Du weißt es doch«, sagte Paulin, »zu den Schweizern, wie du es vorgehabt hast.«

Martin nickte. Dann sagte er: »Es wird schwer werden, wenn sie überall nach den Bauern jagen. Wer weiß, ob wir jemals dort ankommen.«

»Ihr müsst gehn«, fiel ihm Paulin ins Wort, »wandert in der Nacht und versteckt euch am Tage. Gott steh euch bei.«

Dann umarmte er Martin und lief weg, geradewegs den Schergen in die Arme, die den Mordbrennern gefolgt waren.

Mit im Zug ritten der Abt und seine Konventherren. Als sie ihn erkannt hatten, rief einer von ihnen: »Das ist Paulin Mahler, der abtrünnige Mönch!«

Sofort wurde er von zweien geschnappt und gefesselt. Und der Abt befahl ihnen, sie sollten den Mönch nach Weißenhorn bringen an einen Strick gebunden, wie einen Hund.

Martin schaute ihm nach. Und noch einmal wandte sich sein Blick nach Frankenhofen, das bald nur noch Schutt und Asche sein würde. Dann ging er zur Höhle, wo das Schäfle wartete.

Er erzählte ihr, was vorgefallen war und sagte: »Ich muss für Anderlin eine Nachricht hinterlassen, er kennt die Höhle auch und wird, wenn er zurückkommt, zu diesem Versteck gehen.«

Eng umschlungen lagen sie nun auf dem Reisigbett, rangen um ein wenig Schlaf und warteten, bis die Sonne untergegangen war. Im Schutz der Dunkelheit gingen sie los und suchten die Freiheit.

Nachwort

Der Bauernkrieg* war die erste Revolution in Deutschland. Vorläufer waren die ebenfalls hauptsächlich von Bauern getragenen Erhebungen des »Bundschuh« (1493) und des »Armen Konrad« (1514). Beide wurden blutig niedergeschlagen.

Als sich im Jahre 1525 die Bauern erneut erhoben, breitete sich der Aufstand, von Südwestdeutschland ausgehend, bald über weite Teile des Landes aus. Die Gründe ihres Aufbegehrens gingen weit über die wirtschaftlichen Missstände hinaus, denn die Welt, in der die Menschen damals leben mussten, stand in unerträglichem Widerspruch zur Glaubenslehre, wie sie liberale Theologen aus der Bibel ableiteten.

Gleichheit aller vor dem Gesetz, Schutz gegen eine willkürliche Rechtsprechung und Abschaffung der Frondienste, der drückenden Steuern und ständischen Privilegien. Das waren die Forderungen.

Europa stand an der Schwelle zu einer neuen Zeit: Kolumbus hatte einen neuen Erdteil entdeckt, Martin Behaim den ersten Globus konstruiert und Peter Henlein die erste Taschenuhr.

Wie Leo Sievers im Vorwort zu seinem Buch »Revolution in Deutschland« schrieb, *»... wurde dieser geistige Aufbruch vom Verfall der Ordnung und des Rechts in Deutschland begleitet, der Auflösung kaiserlicher Autorität, dem wild wuchernden Machtzuwachs der geistigen und weltlichen Fürsten, der maßlosen Ausbeutung der abhängigen Bauern und Kleinbürger, vor allem aber der Leibeigenen.«*

»Das Feuer von Frankenhofen« stützt sich auf geschichtliche Überlieferungen.

Mit Ausnahme von Martin und dem Schäfle handelt es sich bei den Personen des Romans durchweg um historische

Figuren. Den Frankenhofer Bauern hat es wirklich gegeben, auch wenn über ihn nicht mehr als seine Herkunft und sein Ende bekannt sind. Die Rolle, die er im Bauernkrieg genau gespielt hat, bleibt Spekulation. Auf jeden Fall gehörte er aber zu den führenden Persönlichkeiten.

Wer sich intensiver mit dem Bauernkrieg beschäftigen möchte, dem will ich die beiden Bücher:

Wilhelm Zimmermann, **Der große deutsche Bauernkrieg**, Dietz Verlag, Berlin 1993

Leo Sievers, **Revolution in Deutschland**, DVA, Stuttgart 1978

besonders ans Herz legen. Sie schildern mit genauer Sachkenntnis, spannend erzählt, die Zeit des Bauernkrieges, die sozialen, politischen und religiösen Hintergründe der ersten Revolution in Deutschland.

Kleines Lexikon zum Bauernkrieg

Die Sprache des Mittelalters war sehr bildhaft. Deshalb wollte ich auf einige Formulierungen wie etwa: »Das Gesangbuch hat lange Zeit unter der Kirchenbank gelegen« oder »Nie mehr vom Gotteshaus weichen« nicht verzichten. Ansonsten ist die Sprache, um nicht zu historisierend zu wirken, modern gehalten. Da viele Begriffe heute nicht mehr gebräuchlich und manche in Vergessenheit geraten ist, folgt ein kleines Glossar, in dem auch die im Roman vorkommenden historischen Personen, sowie ihre Bedeutung im Bauernkrieg, kurz beschrieben sind.

Altes Recht: Recht der Bauern, das auf Gewohnheit beruhte und meist nicht schriftlich festgelegt war.

Baltringer Haufen: Einer der großen, oberschwäbischen Bauernhaufen, der sich im Februar 1525 nahe dem Dorf Baltringen bildete. Der Baltringer Haufen war gut gerüstet, umfasste etwa 10.000 Bauern und stand unter der Führung von Ulrich Schmid. Der Haufen entwickelte sich im März 1525 zum Kern der Christlichen Vereinigung Oberschwabens.

Bauernkrieg: Der bewaffnete Kampf der Bauern im Jahre 1525 gegen die Obrigkeit. Ihm waren in den früheren Jahren wiederholt Unruhen vorangegangen. Ursache waren keineswegs allein wirtschaftliche Notstände. Vor allem gegen rechtliche Willkür der Landesherren und der Kirche berief man sich auf das alte Recht und gegen das neue römische Recht.

Bauernräte: Von Bauern gewählte bzw. eingesetzte Vertreter, die innerhalb der Bauernhaufen neben den militärischen Führern die Interessen der Bauern vertraten.

Büchsenmeister: Technisch gebildete, vielfach in der Ballistik bewanderte Sachverständige für Schießkunst. Büchsenmeister waren äußerst selten und genossen eine besondere Vertrauensstellung.

Christliche Vereinigung: Vereinigung, die die drei oberschwäbischen Bauernhaufen umfasste.

Eck, Leonhard von: (1480-1550) Kanzler der bayerischen Herzöge und führender Kopf im Schwäbischen Bund.

Ebner, Jörg: genannt der Bair: Leibeigener des Klosters Roggenburg. Hauptmann im Leipheimer Haufen. Hingerichtet am 5. April1525.

Fähnlein: Militärische Einheit, sowohl in den Landsknechtsheeren als auch in den Bauernhaufen. Aus dem Fähnlein entwickelte sich im 17. Jahrhundert die Kompanie.

Fähnrich: Truppenführer in der Zeit des Bauernkrieges.

Falkonett: Leichtes Feldgeschütz von etwa sieben Zentner Gewicht. Es verschoss Kugeln von zwei Pfund Gewicht, drei Pferde zogen es.

Frondienst: Dienste, die die Herrschaft den Bauern abverlangte, ohne dafür Lohn zu erhalten.

Fürstabt: Abt im Rang eines Fürsten. Beispiel: der Fürstabt von Kempten.

Göttliches Recht: Eine für die Zeit des Bauernkrieges typische Art der Rechtsauslegung, wonach nur göttlich und gerecht sein konnte, was aus der Heiligen Schrift abzuleiten und zu begründen war.

Gült, Gültzehnt: Abgaben in Form von Nahrungsmitteln

Hakenbüchse: Handfeuerwaffe. Mit den Halbhaken wurde aus der Hand geschossen. Wegen des großen Gewichts der Waffe und zum Auffangen des Rückstoßes war die Hakenbüchse mit einem am unteren Teil des Laufes befestigten Haken zum Festhalten versehen. Ihre Reichweite betrug 200 bis 250 Meter, das Gewicht des Geschosses 36 Gramm.

Hellebarde: Hieb- und Stichwaffe von etwa zwei Metern Länge. Am unteren Ende der Stoßklinge befand sich ein halbmondförmiges Beil; die gekrümmte untere Spitze diente als Reißhaken.

Kastner: Verwalter der herrschaftlichen Güter.

Konvent, Konventualen: Versammlung aller stimmberechtigten Mönche; stimmberechtigte Mönche.

Landsknecht: Gegen Sold im Fußvolk dienender Krieger.

Leipheim: Stadt an der Donau, Zentrum des gleichnamigen Bauernhaufens, der am 4. April 1525 vom Schwäbischen Bundesheer vernichtend geschlagen wurde.

Leipheimer Haufen: Im Raum Günzburg-Leipheim lagernder und operierender Bauernhaufen mit etwa 5.000 Aufständischen unter der Führung des Leipheimer Predigers Jakob Wehe. Der Haufen entstand im März 1525 und wurde am 4. April geschlagen.

Lotzer, Sebastian: Geboren 1490, Kürschnergeselle und bibelkundiger Laienprediger aus Memmingen. Verfasser der Zwölf Artikel. Er floh nach der Niederlage des Bauernkrieges in die Schweiz.

Memmingen: Zentrum der christlichen Vereinigung, die die drei oberschwäbischen Bauernhaufen umfasste; Tagungsort des Bauernparlaments, von dem Mitte März 1525 die Bundesordnung und die Feldordnung der oberschwäbischen Bauern beschlossen wurde.

Probst: Zweiter Vorsteher eines Klosters. Ständiger Vertreter des Abts.

Reformation: Religiöse Bewegung, die durch Luthers Thesenanschlag 1517 ausgelöst wurde. Sie strebte eine Erneuerung der Kirche an und führte zur Spaltung in die römisch-katholische und in die evangelische Kirche.

Reisige: Bezeichnung für schwer bewaffnete Reiter des mittelalterlichen Heeres.

Rennfahne: Militärischer Ausdruck für Vorhut oder Vortrab.

Schappeler, Christoph: (1472-1551) Radikaler, reformatorischer Geistlicher in Memmingen, der den Memminger Rat bereits vor Ausbruch des Bauernaufstandes zur Aufhebung der Leibeigenschaft und Abstellung drückender Beschwerden veranlasste. Er verfasste die Einleitung zu den von Lotzer zusammengestellten Zwölf Artikeln.

Schmid, Ulrich: Schmied aus Sulmingen. Oberster Hauptmann des Baltringer Haufens.

Schwäbischer Bund: Bund der süddeutschen Fürsten und Adligen, dem auch 22 Reichsstädte beitraten. Er wurde 1488 gegründet, der Sitz der Bundesstände war Ulm. Der Schwäbische Bund war eine Einrichtung zur »Aufrechterhaltung des Landfriedens«. Als Feldherr des Bundes wirkte seit 1519 der Truchsess von Waldburg.

Sonntag Judika: Passionssonntag. Der Sonntag vor Ostern.

Wehe, Hans Jakob: Prediger zu Leipheim. Führer des Leipheimer Haufens.

Weißenhorn: Fuggerstadt an der Roth. Zur Zeit des Bauernkrieges zirka 80 Einwohner

Zehnt: Regelmäßige Abgabe der Bauern an den Grundherrn; der zehnte Teil des Ertrages. (Feldzehnt, Blutzehnt)

Zwölf Artikel: Von Sebastian Lotzer auf der Grundlage zahlreicher Einzelbeschwerden 1525 geschaffenes, von Christoph Schappeier eingeleitetes Programm der oberschwäbischen Bauernhaufen. Die Artikel fanden bereits im April in fast allen Aufstandsgebieten Deutschlands Verbreitung. Sie waren gemäßigt, forderten aber die Beseitigung einer Anzahl besonders drückender Lasten.